La bande mouchetée

ROMANS ET RECUEILS
AVEC SHERLOCK HOLMES

La Bande mouchetée
suivi de trois autres récits, Librio n° 5
Le Rituel des Musgrave
suivi de trois autres récits, Librio n° 34
La Cycliste solitaire
suivi de trois autres récits, Librio n° 51
Une étude en rouge, Librio n° 69
Les Six Napoléons
suivi de trois autres récits, Librio n° 84
Un scandale en Bohême
suivi de trois autres récits, Librio n° 138
Le Signe des Quatre, Librio n° 162
Le Diadème de Béryls
suivi de trois autres récits, Librio n° 202
Le Problème final
suivi de trois autres récits, Librio n° 229
Les Hommes dansants
suivi de trois autres récits, Librio n° 283

Sir Arthur Conan Doyle

Quatre aventures de Sherlock Holmes

La bande mouchetée

suivi de

L'association des hommes roux

L'escarboucle bleue

Les cinq pépins d'orange

Traduit de l'anglais
par Lucien Maricourt
et Michel Le Houbie

Texte intégral

Titres originaux

La Bande mouchetée / *The Adventure of the Speckled Band*
L'Association des Hommes roux / *The Red-Headed League*
Les Cinq Pépins d'orange / *The Five Orange Pips*
traduits par Lucien Maricourt

L'Escarboucle bleue / *The Adventure of the Blue Carbuncle*
traduit par Michel Le Houbie

LA BANDE MOUCHETÉE

En jetant un regard sur mes notes des soixante-dix et quelques affaires dans lesquelles j'ai, pendant les huit dernières années, étudié les méthodes de mon ami Sherlock Holmes, j'en trouve beaucoup qui sont tragiques, quelques-unes comiques et un grand nombre tout simplement étranges, mais il n'y en a aucune qui soit banale ; car travaillant, comme il le faisait, plutôt par amour de son art, que par esprit de lucre, il refusait de s'associer à toute recherche qui ne présentait pas une certaine tendance à l'extraordinaire et même au fantastique. Parmi toutes ces affaires si diverses, toutefois, je ne me souviens pas qu'aucune ait présenté des traits plus singuliers que celle à laquelle on a associé la famille bien connue des Roylott de Stoke Moran, dans le Sussex. Les événements dont il s'agit se sont déroulés dans les premiers temps de mon association avec Holmes lorsque, célibataires, nous occupions ensemble notre appartement de Baker Street. J'aurais pu, sans doute, en faire déjà le récit, mais je m'étais alors engagé au secret, et je n'ai été délié de ma promesse que le mois dernier par la mort prématurée de la dame à qui je l'avais faite. Peut-être même vaut-il mieux que ces faits soient révélés maintenant ; j'ai en effet quelques raisons de croire que toutes sortes de bruit ont couru un peu partout concernant la mort du docteur Grimesby Roylott, tendant à rendre cette affaire encore plus terrible que la vérité.

Ce fut au début d'avril 1883 que je m'éveillai un matin pour trouver Sherlock Holmes, déjà tout habillé, debout près de mon lit. D'ordinaire il se levait tard et, comme la pendule sur ma cheminée me montrait qu'il n'était que sept heures et quart, je posai sur lui un regard incertain, un peu surpris et peut-être un peu fâché, car j'étais moi-même très régulier dans mes habitudes.

– Tout à fait désolé de vous réveiller, Watson, dit-il, mais c'est le lot de tous, ce matin. Mme Hudson a été réveillée, j'en ai subi le contrecoup, elle m'a réveillé et maintenant à votre tour.

– Qu'est-ce que c'est donc ? Un incendie ?

– Non. Une cliente. Il paraît qu'une jeune dame vient d'arriver dans un état de grande agitation et elle insiste pour me voir. Elle attend en ce moment dans le studio. Or quand de jeunes dames errent par la capitale à cette heure matinale et font sortir de leur lit les gens endormis, je présume qu'elles ont quelque chose de très pressant à leur communiquer. Si cela se trouvait être une affaire intéressante, vous aimeriez, j'en suis sûr, la prendre à son début. Que ce soit ou non le cas, j'ai pensé vous appeler et vous en fournir la possibilité.

– Mon cher ami, pour rien au monde je ne voudrais rater cela.

Je n'avais pas de plaisir plus vif que de suivre Holmes dans ses recherches professionnelles et d'admirer ces déductions rapides, promptes comme des intuitions et pourtant toujours fondées sur la logique, grâce auxquelles il débrouillait les problèmes qu'on lui soumettait. J'endossai rapidement mes vêtements et, quelques minutes après, j'étais prêt à l'accompagner dans le studio. Une dame vêtue de noir, portant une épaisse voilette, était assise près de la fenêtre. Elle se leva à notre entrée.

– Bonjour, madame, dit Holmes d'un ton allègre. Mon nom est Sherlock Holmes. Monsieur est mon ami intime et mon associé, le docteur Watson ; devant lui, vous pouvez parler aussi librement que devant moi-même. Ah ! je suis content de voir que Mme Hudson a eu le bon sens d'allumer le feu. Je vous en prie, approchez-vous-en ; je vais demander pour vous une tasse de café bien chaud car je remarque que vous grelottez.

– Ce n'est pas le froid qui me fait grelotter, monsieur Holmes, c'est la terreur.

Ce disant, elle leva sa voilette et nous pûmes voir qu'elle était, en effet, dans un pitoyable état d'agitation ; son visage était tiré et gris, avec des yeux effrayés, toujours en mouvement, comme ceux d'un animal traqué. Ses traits et sa figure étaient ceux d'une femme de trente ans, mais ses cheveux étaient prématurément striés de gris et son expression était lasse et hagarde. Sherlock Holmes la dévisagea d'un de ses regards rapides auxquels rien n'échappait.

– Il ne faut pas avoir peur, dit-il d'une voix douce, en se penchant en avant et en lui tapotant l'avant-bras... Nous arrangerons bientôt tout cela, je n'en doute pas ; vous êtes venue par le train, ce matin, à ce que je vois.

– Vous me connaissez donc ?

– Non, mais je remarque qu'il vous reste la moitié d'un billet d'aller-retour dans la paume de votre gant gauche. Vous avez dû partir de bonne heure et avant d'arriver à la gare, il vous a fallu faire une assez longue course en charrette anglaise.

La dame tressaillit vivement et ouvrit de grands yeux en regardant mon compagnon.

– Il n'y a là aucun mystère, madame, dit celui-ci avec un sourire. Le bras gauche de votre jaquette est éclaboussé de taches de boue en sept endroits au moins. Les marques en sont toutes fraîches. Il n'y a pas d'autre véhicule, pour lancer ainsi de la boue, et cela uniquement à la personne qui est assise à la gauche du conducteur.

– Quelles que soient vos raisons, c'est tout à fait exact. Je suis partie de chez moi avant six heures, je suis arrivée à Leatherhead à six heures vingt, et je suis venue à la gare de Waterloo par le premier train... Monsieur, je ne peux pas endurer cette tension d'esprit plus longtemps, je deviendrai folle si ça continue. Je n'ai personne vers qui me tourner – personne, sauf un ami, qui m'aime, et lui, le pauvre, ne peut guère me venir en aide. J'ai entendu parler de vous, monsieur Holmes, par Mme Farmtoch, que vous avez secourue au temps où elle en avait tant besoin. C'est d'elle que je tiens votre adresse. Oh ! monsieur, ne croyez-vous pas que vous pourriez m'aider aussi, ou, du moins, jeter un rayon de lumière dans les ténèbres épaisses qui m'entourent ? Je ne saurais, à présent, vous récompenser de vos services, mais dans un mois ou deux je serai mariée avec la libre disposition de mes propres revenus et alors, du moins, vous ne me trouverez pas ingrate.

Holmes se dirigea vers son bureau et, l'ayant ouvert, en tira un petit répertoire de ses enquêtes qu'il consulta.

– Farmtoch, dit-il. Ah ! oui, je me rappelle le cas. Il s'agissait d'un diadème en opale. Je crois que c'était avant que vous ne fussiez là, Watson. Je ne puis que vous dire, madame, que je serai heureux de consacrer à votre cas les mêmes soins qu'à celui de votre amie. Pour ce qui est de la rétribution, ma profession est sa propre récompense, mais vous aurez tout loisir de payer les dépenses que je pourrais engager, quand cela vous conviendra le mieux. Et maintenant je vous prierai de vouloir bien nous exposer tout ce qui pourra nous aider à nous former une opinion sur votre affaire.

– Hélas ! reprit-elle, l'horreur de ma situation vient précisément de ce que mes craintes sont si vagues et de ce que mes soupçons se fondent sur des petits faits qui pourraient sembler si insignifiants que la seule personne au monde à qui j'ai le droit de demander aide et assistance, considère tout ce que je lui en dis comme des idées de femme nerveuse. Je le vois bien, tant à ses paroles, qui voudraient être consolantes, qu'à ses regards, qu'il détourne. Mais j'ai entendu dire, monsieur Holmes, que vous pouvez sonder au plus profond des multiples méchancetés du cœur humain. Vous pourrez par vos conseils guider ma marche parmi les dangers qui m'environnent.

– Je suis tout attention, Madame.

– Mon nom est Hélène Stoner, et je demeure avec mon beau-père qui est le dernier survivant d'une des plus vieilles familles saxonnes de l'Angleterre, les Roylott de Stoke Moran, dans la marche occidentale du Surrey.

Holmes fit un signe de la tête.

– Le nom m'est familier, dit-il.

– La famille fut en un certain temps parmi les plus riches de l'Angleterre ; et le domaine s'étendait jusque de l'autre côté des marches du Berkshire, au nord, et du Hampshire, à l'ouest. Au siècle dernier, pourtant, quatre héritiers se montrèrent, l'un après l'autre, débauchés et prodigues, puis la ruine de la famille fut consommée par un joueur, au temps de la Régence. Il ne reste plus rien, que quelques arpents de terre et la maison qui, vieille de deux cents ans, est elle-même grevée de lourdes hypothèques. Le dernier propriétaire y traîna toute son existence la vie horrible d'un aristocrate pauvre ; mais son fils unique, mon beau-père, voyant qu'il fallait s'adapter aux conditions nouvelles, obtint d'un ami une avance de fonds qui lui permit de prendre un diplôme de médecin. Il s'en alla à Calcutta où, grâce à son habileté professionnelle et à sa force de caractère, il se fit une grosse clientèle. Dans un accès de colère, toutefois, provoquée par quelques vols dans la maison, il rossa si bien son sommelier indigène que le domestique en mourut et que le maître n'échappa que tout juste à la peine de mort. Même ainsi, il demeura longtemps en prison et revint ensuite en Angleterre fort chagrin et déçu.

« Pendant qu'il était aux Indes, le docteur Roylott épousa ma mère, Mme Stoner, la jeune veuve du major général Stoner, de l'artillerie du Bengale. Ma sœur Julia et moi, nous étions jumelles et n'avions que deux ans quand ma mère se remaria. Elle possédait une assez belle fortune, au moins mille livres de revenus, et elle fit un testament par lequel elle la léguait tout entière au docteur Roylott pour aussi longtemps que nous résiderions avec lui, en spécifiant pourtant qu'une certaine somme serait allouée chaque année à l'une et à l'autre de nous au cas où elle se marierait. Peu de temps après notre retour en Angleterre, notre mère mourut – elle fut tuée il y a huit ans dans un accident de chemin de fer, près de Crewe. Le docteur Roylott renonça alors à ses efforts pour se créer une clientèle à Londres et il nous emmena vivre avec lui dans la demeure de ses ancêtres à Stoke Moran. L'argent que notre mère avait laissé suffisait à nos besoins et il ne semblait y avoir aucun obstacle à notre bonheur.

« Mais un changement terrible se produisit alors chez notre beau-père. Au lieu de se faire des amis parmi les voisins et de rendre visite à ces gens qui s'étaient tout d'abord réjouis de voir un Roylott de Stoke Moran revenir occuper la vieille demeure familiale, il s'enferma dans cette maison et n'en sortit que rarement pour se laisser aller à de féroces querelles avec ceux qu'il rencontrait. Une violence de caractère, voisine de la folie, a toujours été héréditaire dans la famille et, dans le cas de mon beau-père, je crois qu'elle a été accrue encore par son long séjour sous les tropiques. Une suite de honteuses bagarres survint, dont deux se terminèrent devant les tribunaux, tant et si bien qu'à la fin il devint la terreur du village et que les gens s'enfuyaient à son approche, car notre beau-père est à la fois d'une force considérable et totalement incapable de se maîtriser quand il est en colère.

« La semaine dernière il a jeté dans un cours d'eau, par-dessus le parapet, le forgeron du village et ce n'est qu'en donnant tout l'argent que j'ai pu ramasser qu'il m'a été possible d'éviter un nouveau scandale. Il n'avait absolument pas d'amis à part les bohémiens et il permettait à ces vagabonds de camper sur les quelques arpents de terrain couvert de genêts qui constituent le domaine familial ; en retour, il acceptait l'hospitalité de leurs tentes et, parfois, il s'en allait à l'aventure avec eux pendant des semaines d'affilée. Il a une passion pour les animaux que lui envoie des Indes un correspondant et il a, en ce moment, un guépard et un babouin qui errent en liberté sur ses terres et que les villageois redoutent autant que leur maître.

« Vous pouvez imaginer par ce que je vous dis que ma pauvre sœur et moi n'avions pas grand plaisir dans l'existence. Aucune servante ne voulait rester chez nous et pendant longtemps c'est nous qui avons fait tout le travail de la maison. Elle n'avait que trente ans quand elle est morte, mais déjà ses cheveux avaient commencé à blanchir, comme font les miens.

– Votre sœur est morte, donc ?

– Elle est morte, il y a deux ans, et c'est de sa mort que je désire vous parler. Vous pouvez comprendre que, menant la vie que j'ai décrite, il était peu vraisemblable que nous voyions quelqu'un de notre âge et de notre position. Nous avions, cependant, une tante, une sœur non mariée de notre mère, Mlle Honoria Westphail, et on nous permettait de temps en temps de lui rendre de courtes visites à sa maison, près de Harrow. Julia y est allée pour Noël, il y a deux ans, et elle y rencontra un commandant de l'infanterie de marine en demi-solde, à qui elle se fiança. Mon beau-père fut informé de ces fiançailles quand elle revint et ne fit aucune objection au mariage ; mais, moins d'une quinzaine avant le jour fixé pour la noce, survint le terrible événement qui m'a privée de ma seule compagne.

Sherlock Holmes était resté renversé dans son fauteuil, les yeux clos et la tête enfoncée dans un coussin, mais il entrouvrit alors les paupières et regarda sa visiteuse.

– Veuillez me préciser les dates, dit-il.

– C'est chose facile, car tous les événements de cette terrible époque sont gravés dans ma mémoire en lettres de feu. Le manoir est, comme je l'ai déjà dit, très vieux et une seule aile en est habitée à présent. Les chambres à coucher, dans cette aile, sont au rez-de-chaussée : le studio se trouve dans la partie centrale du bâtiment. De ces chambres, la première est celle du docteur Roylott, la seconde celle de ma sœur et la troisième la mienne. Il n'y a pas de communication entre elles, mais elles ouvrent toutes sur le même corridor. Est-ce que je me fais bien comprendre ?

– Très bien.

– Les fenêtres de ces chambres donnent sur la pelouse. Cette fatale nuit-là, le docteur Roylott était rentré dans sa chambre de bonne heure, mais nous savions qu'il ne s'était pas couché, car ma sœur était incommodée par l'odeur forte du tabac indien qu'il fume d'ordinaire. Quittant sa chambre, elle vint dans la mienne où elle demeura quelque temps à bavarder de son prochain mariage. À onze heures, elle se leva de sa chaise pour me quitter, mais elle s'arrêta à la porte et, se retournant, elle me dit :

« – À propos, Hélène, as-tu entendu quelqu'un siffler au milieu de la nuit ?

« – Jamais, dis-je.

« – Je suppose que tu ne saurais, quant à toi, siffler en dormant ?

« – Assurément non. Mais pourquoi ?

« – Parce que, toutes ces dernières nuits, vers trois heures du matin, j'ai entendu siffler, doucement mais nettement. J'ai le sommeil léger et ça m'a réveillée. Je ne peux dire d'où cela venait – peut-être de la chambre voisine, peut-être de la pelouse. Je me suis simplement dit que je te demanderais si tu l'avais entendu.

« – Non, je n'ai rien entendu. Ça doit être ces maudits bohémiens qui sont dans la plantation.

« – Probablement. Et pourtant, si c'était sur la pelouse, je m'étonne que tu ne l'aies pas entendu aussi.

« – Ah ! c'est que j'ai le sommeil plus lourd que toi.

« – Bon ! ça n'a pas grande importance, en tout cas.

« Elle m'a souri, elle a fermé ma porte et quelques instants après j'ai entendu sa clé tourner dans la serrure.

– Vraiment ! dit Holmes. Était-ce votre habitude de vous enfermer à clé la nuit ?

– Toujours.

– Et pourquoi ?

– Je crois avoir mentionné que le docteur gardait un guépard et un babouin. Nous ne nous sentions en sûreté qu'avec nos portes fermées à clé.

– Très juste. Je vous en prie, continuez votre exposé des faits.

– Cette nuit-là, je n'arrivais pas à dormir. Le vague sentiment d'un malheur imminent pesait sur moi. Ma sœur et moi, vous vous le rappelez, nous étions jumelles, et vous savez quels liens subtils unissent deux âmes qui ont été si étroitement associées. C'était une nuit sauvage. Le vent hurlait au-dehors, la pluie battait et claquait contre les fenêtres. Soudain, dans le vacarme de la tempête éclata le cri perçant et sauvage d'une femme terrifiée. Je sus que c'était la voix de ma sœur ; je sautai de mon lit, m'enveloppai d'un châle et me précipitai dans le corridor. Comme j'ouvrais ma porte, il me sembla entendre un sifflement bas, analogue à celui que ma sœur m'avait décrit, puis, quelques minutes plus tard, un bruit tel qu'on eût dit qu'une masse de métal venait de tomber. Pendant que je courais dans le corridor, la porte de ma sœur s'ouvrit et tourna lentement sur ses gonds. Je la regardais fixement, frappée d'horreur, ne sachant ce qui allait en sortir. À la lumière de la lampe du couloir, je vis ma sœur paraître dans l'ouverture, le visage blanc de terreur, les mains à tâtons cherchant du secours, tout son corps vacillant à droite, à gauche, comme celui d'un ivrogne. Je courus à elle, je la serrai dans mes bras, mais, à ce moment, ses genoux parurent céder et elle tomba sur le sol. Elle se tordait comme quelqu'un qui souffre terriblement et ses membres étaient affreusement convulsés. Je pensai tout d'abord qu'elle ne m'avait pas reconnue, mais, comme je me penchais au-dessus d'elle, elle cria soudain d'une voix que je n'oublierai jamais :

« Ô mon Dieu ! Hélène ! C'était la bande ! La bande mouchetée ! » Il y avait autre chose qu'elle aurait voulu dire et de son doigt elle battait l'air dans la direction de la chambre du docteur, mais une nouvelle convulsion la saisit, étouffant ses paroles. Je me précipitai, appelant bien haut mon beau-père et il vint à ma rencontre, sortant en toute hâte de sa chambre. Il était en pyjama. Quand il arriva auprès de ma sœur, elle avait perdu conscience et, bien qu'il lui versât de l'eau-de-vie dans la gorge et qu'il envoyât tout de suite chercher le médecin du village, tous ses efforts demeurèrent inutiles, car elle s'affaiblit lentement et mourut sans avoir repris connaissance. Telle fut la terrible fin de ma sœur bien-aimée.

– Un instant, dit Holmes. Êtes-vous certaine d'avoir entendu ce sifflement et ce bruit métallique ? Pourriez-vous le jurer ?

– C'est ce que m'a demandé le coroner à l'enquête. J'ai la vive impression que je l'ai entendu et, cependant, dans le tumulte de la tempête et les craquements d'une vieille maison, il se pourrait que je me fusse trompée.

– Votre sœur était-elle habillée ?

– Non, elle était en toilette de nuit. Elle avait dans la main droite un bout d'allumette carbonisé et dans la gauche une boîte d'allumettes.

– Ce qui prouve qu'elle a frotté une allumette pour regarder autour d'elle quand l'alarme s'est produite. C'est important. Et à quelles conclusions le coroner est-il arrivé ?

– Il a mené l'enquête avec grand soin, car la conduite du docteur Roylott était depuis longtemps bien connue dans le comté ; toutefois il n'a pas réussi à trouver au décès une cause satisfaisante. Mon témoignage démontrait que la porte avait été fermée de l'intérieur et les fenêtres étaient bloquées par des volets anciens munis de grosses barres de fer dont on vérifiait la fermeture chaque soir. On sonda soigneusement les murs, on les trouva partout très solides, le plancher fut examiné avec le même résultat. La cheminée est large, mais elle est barrée par quatre gros crampons. Il est donc certain que ma sœur était toute seule quand elle mourut. En outre, elle ne portait sur elle aucune marque de violence.

– A-t-on parlé de poison ?

– Les docteurs l'ont examinée à cet effet, mais sans succès.

– De quoi, alors, pensez-vous que cette malheureuse est morte ?

– Ma conviction, c'est qu'elle est purement morte d'une frayeur et d'un choc nerveux, dont je ne parviens pas à imaginer l'origine.

– Y avait-il des bohémiens à ce moment-là sur le domaine ?
– Ah ! il y en a presque toujours.
– Et qu'avez-vous conclu de cette allusion à une bande – une bande mouchetée ?
– J'ai quelquefois pensé que ce n'étaient là que des propos sans suite dus au délire ; quelquefois aussi que cela pouvait se rapporter à une bande de gens, peut-être même à ces bohémiens qui se trouvaient sur les terres du manoir. Je me demande si les mouchoirs à pois que tant d'entre eux portent sur la tête n'ont pas pu suggérer l'étrange adjectif que ma sœur employa.

Holmes hocha la tête comme un homme qui est loin d'être satisfait :
– Ce sont là des choses bien ténébreuses, dit-il, mais, je vous en prie, continuez votre récit.
– Deux années ont passé depuis lors et ma vie, jusque tout récemment, a été plus solitaire que jamais. Il y a un mois, cependant, un ami cher que je connais depuis de longues années, m'a fait l'honneur de me demander ma main. Son nom est Armitage – Percy Armitage – le fils cadet de M. Armitage, de Crane Water, près de Reading. Mon beau-père n'a fait aucune opposition au mariage et nous devons nous marier dans le courant du printemps. Il y a deux jours, on a commencé des réparations dans l'aile ouest du bâtiment ; on a percé le mur de ma chambre à coucher, de sorte que j'ai dû déménager et occuper la chambre où ma sœur est morte, et coucher dans le lit même où elle a couché. Imaginez donc quel frisson d'horreur j'ai éprouvé quand, la nuit dernière, alors que j'étais éveillée et en train de penser à son terrible sort, j'ai tout à coup entendu, dans le silence de la nuit, ce sifflement bas qui avait été l'annonciateur de sa mort à elle. J'ai sauté de mon lit, j'ai allumé la lampe, mais il n'y avait dans la pièce rien d'anormal qu'on pût voir. J'étais néanmoins trop bouleversée pour me recoucher. Je me suis donc habillée et, dès qu'il a fait jour, j'ai quitté la maison sans bruit, j'ai loué, en face, une charrette à l'auberge de la Couronne, je me suis fait conduire à Leatherhead d'où je suis venue ce matin dans l'unique but de vous voir et de solliciter vos conseils.
– Vous avez agi avec sagesse, mais m'avez-vous bien tout dit ?
– Oui, tout.
– Non, mademoiselle Stoner, non : vous couvrez votre beau-père.
– Comment ? Que voulez-vous dire ?

En guise de réponse, Holmes repoussa la frange de dentelle noire qui entourait la main posée sur le genou de notre visiteuse. Cinq petites taches livides, les marques de quatre doigts et d'un pouce, étaient imprimées sur le poignet blanc.

– Vous avez été traitée avec cruauté, dit Holmes.

La dame rougit profondément et recouvrit son poignet meurtri.

– C'est un homme très dur, dit-elle, et qui peut-être ne connaît guère sa force.

Il y eut un silence pendant lequel Holmes, appuyant son menton sur sa main, regarda fixement le feu pétillant. Enfin il dit :

– C'est là une affaire très sérieuse, il y a mille détails que je voudrais connaître avant de décider de quelle façon nous devons agir. Pourtant, nous n'avons pas une minute à perdre. Si nous allions à Stoke Moran aujourd'hui, nous serait-il possible de voir ces chambres à l'insu de votre beau-père ?

– Il se trouve qu'il a parlé de venir en ville aujourd'hui pour une affaire très importante. Il est donc probable qu'il sera absent toute la journée et que rien ne vous dérangera. Nous avons une femme de charge à présent, mais comme elle est vieille et bébête, je pourrai aisément l'écarter.

– Excellent. Vous voulez bien être de l'excursion, Watson ?

– À tout prix.

– Nous viendrons donc tous les deux. Qu'allez-vous faire vous-même ?

– J'ai une ou deux petites courses que je voudrais faire, à présent que je suis en ville. Mais je rentrerai par le train de midi, de façon à être là quand vous viendrez.

– Et vous pouvez compter sur nous au début de l'après-midi. J'ai moi-même quelques petites choses dont je dois m'occuper. Vous ne voulez pas rester pour le petit déjeuner ?

– Non, il faut que je m'en aille. Mon cœur est allégé déjà, maintenant que je vous ai confié mes ennuis. J'attends avec impatience de vous revoir cet après-midi.

Elle tira sur son visage sa lourde voilette et doucement sortit de la pièce.

– Watson, que pensez-vous de tout cela ? demanda Holmes en se renversant dans son fauteuil.

– Ce me semble être une affaire bien obscure et bien sinistre.

– Oui, assez obscure et assez sinistre.

– Cependant, si cette dame a raison quand elle dit que le plancher et les murs sont intacts et qu'on ne peut passer par la porte, la fenêtre ou la cheminée, sa sœur devait donc, à n'en pas douter, être seule quand elle est morte de si mystérieuse façon.

– Que faites-vous alors de ces sifflements nocturnes et des paroles si étranges de la mourante ?

– Je n'y comprends rien.

– Quand vous rapprochez de ces sifflements nocturnes la présence d'une bande de bohémiens qui vivent sur un pied d'intimité avec ce vieux docteur, le fait que nous avons toutes les raisons de croire que ledit docteur a intérêt à empêcher le mariage de sa belle-fille, l'allusion de la mourante à une bande et, enfin, le fait que Mlle Hélène Stoner a entendu un bruit de métal, qui peut avoir été causé en retombant en place par une des barres de fer barricadant les volets, j'ai tout lieu de penser que le mystère peut être éclairci en partant de ces données.

– Mais qu'est-ce que les bohémiens faisaient là ?

– Je ne peux rien imaginer.

– Je vois de nombreuses objections à une telle théorie...

– Et moi aussi. C'est précisément pour cette raison que nous allons à Stoke Moran aujourd'hui. Je veux voir si les objections sont insurmontables ou si on peut en triompher. Mais que diable se passe-t-il ?

Cette exclamation de mon compagnon avait été provoquée par le fait que l'on avait tout à coup ouvert bruyamment notre porte et qu'un homme énorme s'encadrait dans l'ouverture. Son costume était un mélange singulier qui l'apparentait à la fois au médecin et au fermier. Il avait un chapeau haut de forme noir, une longue redingote, une paire de hautes guêtres et un stick de chasse qu'il balançait. Il était si grand que son chapeau effleura bel et bien le haut du chambranle et que sa carrure semblait en toucher les deux montants. Sa large figure, marquée de mille rides, que le soleil avait brûlée et jaunie, et où se lisaient tous les mauvais penchants, se tourna d'abord vers l'un, puis vers l'autre de nous ; avec ses yeux profondément enfoncés dans l'orbite et tout injectés de bile, avec son nez busqué, mince et décharné, l'homme ressemblait assez à un vieil oiseau de proie plein de férocité.

– Lequel de vous est Holmes ? demanda cette apparition.

– C'est mon nom, monsieur, mais cette connaissance vous confère sur moi un avantage, monsieur, dit Holmes, tranquillement.

– Je suis le docteur Grimesby, de Stoke Moran.

– Vraiment, docteur, dit Holmes d'un ton débonnaire. Je vous en prie, prenez un siège.

– Je n'en ferai rien. Ma belle-fille est venue ici. Je l'ai suivie. Que vous a-t-elle raconté ?

– Il fait un peu froid pour la saison, dit Holmes.

– Que vous a-t-elle raconté ? s'écria le vieux, furieux.

– Toutefois, j'ai entendu dire que les crocus promettent, continua mon compagnon, imperturbable.

– Ah ! vous éludez la question, s'écria notre visiteur, qui fit un pas en avant, en agitant son bâton. Je vous connais, canaille, j'ai déjà entendu parler de vous ; vous êtes Holmes, le touche-à-tout.

Mon ami sourit.

– Holmes l'officieux !

Le sourire d'Holmes s'accentua.

– Holmes ! l'homme à tout faire de Scotland Yard.

Holmes, cette fois, riait de bon cœur, bien qu'avec retenue.

– Votre conversation est tout à fait intéressante, dit-il. Quand vous sortirez, fermez la porte, car il y a, décidément, un courant d'air.

– Je ne sortirai que quand j'aurai dit ce que j'ai à dire. Ne vous mêlez pas de mes affaires. Je sais que Mlle Stoner est venue ici, je l'ai suivie. Je suis un homme qu'il est dangereux de rencontrer ! Voyez plutôt !

Il avança d'un pas, saisit le tisonnier et il le courba de ses énormes mains brunes.

– Tâchez de ne pas tomber entre mes griffes, grogna-t-il, et, lançant le tisonnier dans l'âtre, il sortit de la pièce à grandes enjambées.

– Voilà qui m'a tout l'air d'un très aimable personnage, dit Holmes en riant. Je ne suis pas tout à fait aussi massif que lui, mais s'il était resté, je lui aurais montré que mes griffes ne sont guère plus faibles que les siennes.

Tout en parlant, il ramassa le tisonnier d'acier et, d'un effort brusque, le redressa.

– Dire qu'il a eu l'insolence de me confondre avec la police officielle ! Cet incident, toutefois, confère une certaine saveur à notre investigation. J'espère seulement que notre petite amie n'aura pas à souffrir de l'imprudence qu'elle a commise en permettant à cette brute de la suivre. Maintenant, Watson, nous allons commander notre petit déjeuner ; après quoi je me rendrai dans les bureaux compétents, en quête de quelques données susceptibles de nous aider dans cette affaire.

Il était presque une heure quand Sherlock Holmes revint de son excursion. Il avait en main une feuille de papier bleu, toute griffonnée de notes et de chiffres.

– J'ai vu, dit-il, le testament de la défunte épouse de notre homme. Pour en déterminer l'exacte portée, j'ai dû calculer la valeur actuelle des placements dont il s'agit. Le revenu total, qui, au moment de la mort de sa femme, n'était guère inférieur à mille cent livres, ne se monte plus guère au-dessus de sept cent cinquante livres, par suite de la baisse des valeurs agricoles. En cas de mariage, chacune des filles peut réclamer deux cent cinquante livres. Il est donc évident que si les deux filles s'étaient mariées, ce joli monsieur n'aurait plus conservé que sa pitance ; et que, déjà, même le mariage d'une seule rognerait sérieusement ses ressources. Le travail de cette matinée n'a pas été perdu, puisqu'il m'a prouvé que le docteur a de très solides raisons de faire obstacle à tout arrangement de ce genre. Et maintenant, Watson, la chose est trop sérieuse pour que nous flânions, surtout depuis que le vieux sait que nous nous intéressons à ses affaires ; si donc vous êtes prêt, nous hélerons un fiacre et nous nous ferons conduire à la gare de Waterloo. Je vous serais fort obligé de glisser un revolver dans votre poche. Un Eley N° 2 est un excellent argument avec les gentlemen qui sont de force à faire des nœuds avec des tisonniers d'acier. Ça et une brosse à dents, voilà, je crois, tout ce dont nous avons besoin.

À la gare, nous fûmes assez heureux pour attraper un train pour Leatherhead ; là nous louâmes une carriole à l'auberge de la gare et, pendant quatre ou cinq miles, nous roulâmes le long des jolis chemins du Surrey. C'était un jour idéal, avec un ciel éclatant parsemé de quelques nuages floconneux. Les arbres et les haies en bordure de la route montraient tout juste leurs premières pousses vertes et l'air était saturé de l'agréable odeur de la terre humide. Il y avait, pour moi du moins, un étrange contraste entre la douce promesse du printemps et la sinistre entreprise dans laquelle nous étions engagés. Perdu dans les plus profondes pensées, mon compagnon était assis sur le devant de la carriole, les bras croisés, son chapeau tiré sur les yeux et le menton enfoncé sur sa poitrine. Tout à coup, pourtant, il tressaillit, me frappa sur l'épaule et du doigt, dirigeant mon attention au-delà des prairies :

– Regardez là-bas ! dit-il.

Un parc abondamment boisé s'étendait sur une pente douce que couronnait au sommet un bosquet épais. D'entre les branches s'élançaient les pignons gris et la haute toiture d'un très vieux manoir.

– Stoke Moran ? questionna-t-il.

– Oui, monsieur ; c'est la maison du docteur Grimesby Roylott, fit observer le cocher.

– On est en train d'y bâtir quelque chose ; c'est là que nous allons.

– Le village est là, dit le cocher, indiquant un groupe de toits à quelque distance sur la gauche, mais si c'est à cette maison-là que vous allez, ça sera plus court pour vous de franchir cette barrière et puis de prendre le sentier à travers champs. C'est là-bas où la dame se promène.

– Et la dame, je suppose que c'est Mlle Stoner, remarqua Holmes en s'abritant les yeux. Oui, je crois que ce que vous suggérez vaut mieux.

Nous descendîmes, réglâmes notre course et la carriole reprit bruyamment le chemin de Leatherhead.

– J'ai pensé, me dit Holmes, pendant que nous passions la barrière, que ce serait tout aussi bien que ce bonhomme croie que nous sommes des architectes venus ici pour une affaire bien définie. Ça peut l'empêcher de bavarder. Bonjour, mademoiselle Stoner. Vous le voyez : nous vous avons tenu parole.

Notre cliente de la matinée s'était précipitée à notre rencontre et tout son visage exprimait la joie.

– Je vous ai attendus avec anxiété, s'écria-t-elle, en échangeant une cordiale poignée de main. Tout a marché de façon splendide ; le docteur Roylott est allé en ville et il n'est pas probable qu'il revienne avant ce soir.

– Nous avons eu le plaisir de faire la connaissance du docteur, dit Holmes, et, en quelques mots, il décrivit ce qui s'était passé.

Mlle Stoner devint pâle jusqu'aux lèvres en l'écoutant.

– Grand Dieu ! s'écria-t-elle, il m'a donc suivie.

– C'est ce qu'il semble.

– Il est si rusé qu'avec lui je ne sais jamais quand je suis vraiment hors d'atteinte. Que va-t-il dire quand il reviendra ?

– Il lui faudra se garder lui-même, car il se peut qu'il comprenne qu'il y a sur sa piste quelqu'un de plus rusé que lui. Il faudra, cette nuit, vous enfermer à clé pour vous protéger contre lui. S'il se montre violent, nous vous emmènerons chez votre tante, à Harrow. Maintenant il faut employer notre temps le mieux possible. Veuillez donc nous mener sur-le-champ aux chambres qu'il s'agit d'examiner.

Le bâtiment, en pierre grise tachetée de mousse, avait un corps central plus élevé que les deux ailes circulaires projetées de chaque côté comme les pinces d'un crabe. L'une de ces ailes, avec ses fenêtres brisées, bouchées au moyen de panneaux de bois, et son toit à demi défoncé, était l'image même de la ruine. La partie centrale n'était guère en meilleur état, mais le corps de droite était comparativement moderne ; les stores aux fenêtres, les panaches de fumée bleue qui s'échappaient des cheminées révélaient que c'était là que résidait la famille. On avait dressé des échafaudages à l'extrémité du mur, dont la maçonnerie avait été défoncée, mais rien n'indiquait qu'il y eût des ouvriers au travail au moment de notre visite. Holmes fit lentement les cent pas, marchant de long en large sur la pelouse mal entretenue, puis il examina avec une profonde attention l'extérieur des fenêtres.

– Cette fenêtre-ci, si je saisis bien, est celle de la chambre où vous couchiez et la suivante, celle du milieu, est celle de la chambre de votre sœur et la suivante, proche du bâtiment central, est celle du docteur Roylott ?

– C'est bien cela, mais je couche maintenant dans celle du milieu.

– Pendant les réparations, d'après ce que j'ai compris. À propos, il ne semble guère qu'il y ait eu nécessité urgente de réparer l'extrémité du mur.

– Il n'y en avait point. Je crois que c'était seulement un prétexte pour me faire quitter ma chambre.

– Ah ! voilà qui donne à réfléchir. Maintenant, de l'autre côté de cette aile étroite court le corridor sur lequel ouvrent ces trois chambres. Il y a des fenêtres dans ce corridor, naturellement ?

– Oui, mais elles sont très petites et trop étroites pour qu'on puisse s'introduire par là.

– Comme vous vous enfermiez toutes deux, la nuit, on ne pouvait, par ce côté-là, s'approcher de vos chambres. Auriez-vous l'obligeance, à présent, d'aller dans votre chambre barricader les volets ?

Mlle Stoner obéit et Holmes, après avoir avec soin examiné le dedans par la fenêtre ouverte, tenta du dehors et de toutes les façons d'ouvrir le volet de force, mais sans succès. Il n'y avait pas une fente à travers laquelle on pût passer une lame de couteau pour soulever la barre. Alors, à la loupe il examina les gonds, mais ils étaient de fer solide et fermement encastrés dans la maçonnerie massive.

– Hum ! dit-il en se grattant le menton, quelque peu perplexe, ma théorie présente assurément quelques difficultés. Nul ne saurait passer par ces volets ainsi fermés. Eh bien ! nous verrons si l'intérieur jette quelque lumière sur cette affaire.

Une petite porte latérale nous mena dans le corridor blanchi à la chaux sur lequel ouvraient les trois chambres. Holmes refusant d'examiner la troisième chambre, nous allâmes tout de suite vers la seconde, celle dans laquelle Mlle Stoner couchait maintenant et où sa sœur était morte. C'était une petite chambre très simple, au plafond bas, avec une grande cheminée béante comme il y en a dans les vieilles maisons campagnardes. Il y avait dans un coin une commode brune, dans un autre un lit étroit à courtepointe blanche, et une table de toilette à droite de la fenêtre. Ces objets constituaient, avec deux petites chaises en osier, tout le mobilier de la pièce, si l'on en excepte un petit carré de tapis au milieu. Bruns et vermoulus, les panneaux et les boiseries de chêne autour de la chambre étaient si vieux, si décolorés, qu'ils pouvaient bien dater de la construction primitive du bâtiment. Holmes poussa une des chaises dans un coin et s'assit en silence, cependant que ses yeux faisaient tout le tour de la pièce et, courant du haut en bas, enregistraient tous les détails.

– Où cette sonnette sonne-t-elle ? demanda-t-il enfin, en montrant un gros cordon qui pendait à côté du lit et dont le gland reposait exactement sur l'oreiller.

– Elle aboutit à la chambre de la femme de charge.

– Elle a l'air plus neuve que le reste.

– Oui, elle a été posée il n'y a que quelques années.

– C'est votre sœur qui l'avait demandée, je suppose ?

– Non, je n'ai jamais entendu dire qu'elle s'en était servie. Nous avons toujours eu l'habitude d'aller chercher nous-mêmes tout ce qu'il nous fallait.

– Vraiment ! Il ne semblait pas nécessaire de placer là un si beau cordon de sonnette. Vous voudrez bien m'excuser quelques minutes, pendant lesquelles ma curiosité va se porter sur le plancher.

Il se jeta alors à plat ventre, sa loupe à la main, et rapidement se traîna, rampant tantôt en avant, tantôt en arrière, pour inspecter minutieusement les fentes entre les lames du parquet. Il en fit autant ensuite pour les boiseries qui couvraient les murs. Finalement il se dirigea vers le lit et passa quelque temps à le regarder fixement ; son œil courut ensuite du haut en bas du mur. Puis il prit en main le cordon de sonnette et le tira brusquement.

– Eh ! dit-il, c'est une fausse sonnette !

– Elle ne sonne pas ?

– Non, le cordon n'est même pas relié à un fil de fer. Voilà qui est très intéressant : vous pouvez voir à présent qu'elle est fixée à un crochet juste au-dessus de l'endroit où se trouve l'ouverture de la prise d'air.

– Que c'est absurde ! Je ne l'ai jamais remarqué auparavant.

– Très étrange ! observa Holmes en tirant sur le cordon. Il y a dans cette chambre un ou deux points très singuliers. Par exemple, il faut que l'architecte soit un imbécile pour ouvrir une prise d'air qui donne dans une autre pièce, alors que, sans plus de peine, il aurait pu la faire communiquer avec l'air du dehors !

– Cela aussi est tout à fait moderne, dit la jeune femme.

– Cela date de la même époque que le cordon de sonnette, remarqua Holmes.

– Oui, on a fait plusieurs petits changements à ce moment-là.

– Il semble que ce furent des changements d'un caractère très intéressant – des cordons de sonnette qui ne sonnent pas et des prises d'air qui n'aèrent point. Avec votre permission, mademoiselle Stoner, nous porterons maintenant nos recherches dans l'autre chambre.

La chambre du docteur Roylott, bien que plus spacieuse que celle de sa belle-fille, était aussi simplement meublée. Un lit de camp, un petit rayon en bois garni de livres, la plupart d'un caractère technique, un fauteuil à côté du lit, une chaise ordinaire en bois contre le mur, une table ronde et un grand coffre en fer étaient les principaux objets qui s'offraient à nos yeux. Holmes, lentement, fit le tour de la pièce et examina chaque chose avec le plus vif intérêt.

– Qu'y a-t-il là-dedans ? demanda-t-il en frappant sur le coffre.

– Les papiers d'affaires de mon beau-père.

– Oh ! vous en avez donc vu l'intérieur ?

– Une fois seulement, il y a quelques années. Je me souviens qu'il était plein de papiers.

– Il n'y a pas un chat dedans, par exemple ?

– Non. Quelle étrange idée !

– Eh bien, regardez ceci !

Il prit une petite soucoupe de lait qui se trouvait sur le haut du coffre.

– Non, nous n'avons pas de chance. Mais il y a un guépard et un babouin.

– Ah ! oui, naturellement. Eh bien, un guépard, c'est ni plus ni moins qu'un gros chat, or une soucoupe de lait comme celle-ci ne suffirait guère, je pense, à contenter un chat. Il y a encore un point que je désirerais tirer au clair.

Il s'accroupit devant la chaise en bois et en examina le siège avec la plus grande attention.

– Merci. Voilà qui est bien réglé, dit-il en se levant et en remettant sa loupe dans sa poche. Holà ! voici quelque chose d'intéressant !

L'objet qui avait attiré son attention était un petit fouet à chien pendu à un des coins du lit ; il était, toutefois, roulé et noué de façon à former une boucle.

– Que dites-vous de cela, Watson ?

– C'est un fouet assez ordinaire, mais je ne vois pas pourquoi on y a fait ce nœud.

– Le fait est que c'est moins ordinaire, cela, hein ? Ah ! le monde est bien méchant et quand un homme intelligent tourne son esprit vers le crime, c'est la pire chose qui soit. Je crois, mademoiselle Stoner, que j'en ai assez vu maintenant et, avec votre permission, nous irons nous promener sur la pelouse.

Je n'avais jamais vu le visage de mon ami aussi farouche ni son front aussi sombre qu'au moment où nous nous sommes éloignés du lieu de nos recherches. Nous avions à plusieurs reprises remonté et redescendu la pelouse et ni Mlle Stoner ni moi-même n'osions ni ne voulions interrompre le cours de ses pensées, quand il s'éveilla de sa rêverie.

– Il est tout à fait essentiel, mademoiselle Stoner, dit-il, que vous suiviez absolument mes conseils en tout point.

– Je les suivrai, très certainement.

– La chose est trop sérieuse pour hésiter en quoi que ce soit. Votre vie peut dépendre de votre obéissance.

– Je vous assure que je suis toute entre vos mains.

– Et d'abord il faut que mon ami et moi, nous passions la nuit dans votre chambre.

Mlle Stoner et moi nous le regardâmes, étonnés...

– Oui, c'est nécessaire. Laissez-moi m'expliquer. Je crois que c'est l'auberge du village, de l'autre côté, là-bas ?

– Oui, c'est la Couronne.

– Très bien ! Vos fenêtres doivent être visibles de là-bas ?

– Certainement.

– Il faudra vous enfermer dans votre chambre en prétextant un mal de tête quand votre beau-père reviendra. Puis, quand vous l'entendrez entrer dans sa chambre pour la nuit, vous ouvrirez les volets de votre fenêtre, vous soulèverez la barre et vous mettrez votre lampe là ; ce sera un signal pour nous ; et alors, avec les objets dont vous pouvez avoir besoin, vous vous retirerez dans la chambre que vous occupiez avant. Je ne doute pas qu'en dépit des réparations, vous ne puissiez vous y installer pour une nuit.

– Oh ! certes, bien facilement.

– Pour le reste, vous n'avez qu'à nous laisser faire…
– Mais que ferez-vous ?
– Nous passerons la nuit dans votre chambre et nous chercherons la cause de ce bruit qui vous a dérangée.
– Je crois, monsieur Holmes, que vous avez déjà votre idée bien arrêtée, dit Mlle Stoner en posant sa main sur le bras de mon camarade.
– Peut-être bien.
– Alors, par pitié, dites-moi ce qui causa la mort de ma sœur.
– Avant de parler, je voudrais avoir des preuves plus évidentes.
– Vous pouvez, du moins, me dire si je ne me trompe pas et si elle est effectivement morte d'une frayeur subite.
– Non, je ne le crois pas. Je crois qu'il doit y avoir eu une cause plus tangible. Et maintenant, mademoiselle Stoner, il faut que nous vous quittions, car si le docteur Roylott, en rentrant, nous voyait, notre voyage serait inutile. Au revoir et soyez courageuse, car si vous faites ce que je vous ai dit, vous pouvez être sûre que nous écarterons les dangers qui vous menacent.

Sherlock Holmes et moi, nous n'eûmes aucune difficulté à louer deux chambres à l'auberge de la Couronne. Ces pièces se trouvaient à l'étage supérieur et, de notre fenêtre, nous découvrions nettement la grande porte de l'avenue et l'aile habitée du manoir de Stoke Moran.

À la tombée de la nuit, nous vîmes le docteur Grimesby Roylott passer en voiture ; son énorme carrure se détachait nettement à côté de la mince silhouette du garçon d'écurie qui conduisait. Celui-ci éprouva quelque difficulté à ouvrir les lourdes portes et nous entendîmes le rugissement enroué de la voix du docteur, en même temps que nous le voyions agiter un poing menaçant. La voiture entra et, quelques minutes après, nous vîmes, provenant d'une des pièces où l'on avait allumé une lampe, une lumière soudaine jaillir parmi les arbres.

– Savez-vous bien, Watson, dit Holmes, tandis que nous étions assis tous deux dans l'obscurité qui commençait, que j'éprouve quelques scrupules à vous emmener ce soir. Il y a nettement un élément de danger.
– Puis-je vous être utile ?
– Votre présence peut être inappréciable.
– Alors, c'est réglé, je viendrai...
– C'est très gentil de votre part.
– Vous parlez de danger. Vous avez, évidemment, vu dans ces chambres plus de choses que je n'en ai aperçu.

– Non, mais j'imagine que j'en ai tiré plus de déductions que vous. Vous avez, je pense, vu tout ce que j'ai vu.

– Je n'ai rien vu de remarquable, sauf ce cordon de sonnette et j'avoue que trouver sa raison d'être passe mon imagination.

– Vous avez aussi vu la prise d'air ?

– Oui, mais je ne pense pas que ce soit une chose extraordinaire que d'avoir une petite ouverture entre deux chambres. Celle-ci est si minuscule qu'un rat y pourrait à peine passer.

– Je savais avant de venir à Stoke Moran que nous trouverions une prise d'air.

– Mon cher Holmes !

– Oui, je le savais. Vous vous rappelez que, dans son récit, elle nous a dit que sa sœur pouvait sentir le cigare de Roylott. Or cela, tout naturellement, suggère tout de suite qu'il doit exister une communication entre les deux pièces. Ce ne pouvait être qu'une petite ouverture, autrement on en aurait tenu compte lors de l'enquête du coroner. J'ai donc diagnostiqué une prise d'air.

– Mais quel mal peut-il y avoir à cela ?

– Eh bien, il y a, au moins, une curieuse coïncidence de dates. On établit une prise d'air, on installe un cordon et une dame qui couche dans le lit meurt. Cela ne vous frappe pas ?

– Jusqu'ici, je ne peux encore voir aucun rapport.

– N'avez-vous rien observé de très particulier à propos de ce lit ?

– Non.

– Il a été fixé au plancher par des fiches de fer. Avez-vous jamais vu un lit assujetti comme cela ?

– Je ne saurais prétendre que j'en ai vu.

– La dame ne pouvait bouger son lit. Il fallait qu'il demeure toujours dans la même position par rapport à la prise d'air et à la corde – car nous pouvons l'appeler ainsi, puisqu'il est clair qu'il n'a jamais été question d'un cordon de sonnette.

– Holmes, m'écriai-je, il me semble voir vaguement à quoi vous faites allusion. Nous arrivons juste à temps pour prévenir un crime horrible et raffiné.

– Assez raffiné et assez horrible, oui. Quand un médecin fait le mal, il est le premier des criminels. Il a le nerf et il a la science. Cela s'est déjà vu. Mais les coups que frappe cet homme sont plus subtils et profonds que tous ceux de ses confrères devenus criminels avant lui. Toutefois, Watson, je crois que nous pourrons frapper plus profondément encore. Mais nous aurons bien assez d'horreurs d'ici que la nuit ne soit terminée. De grâce, fumons une pipe tranquillement et, pendant quelques heures, tournons nos pensées vers des choses plus réjouissantes.

Vers neuf heures, la lumière parmi les arbres s'éteignit et tout devint noir dans la direction du manoir. Deux heures s'écoulèrent encore, lentement, puis tout à coup, exactement au premier coup d'onze heures, une lumière brillante s'alluma juste en face de nous.

– Cette fois, c'est notre signal, dit Holmes en se levant vivement, il vient de la fenêtre du milieu.

Il échangea, en passant, quelques paroles avec l'aubergiste, pour lui expliquer que nous allions rendre une visite tardive à quelqu'un que nous connaissions et que nous y passerions peut-être la nuit. Un instant après nous étions sur la route obscure ; un vent froid nous soufflait au visage et une lumière, scintillant en face de nous dans les ténèbres, nous guidait vers notre sombre mission.

Nous n'eûmes guère de difficulté pour entrer dans le domaine, car des brèches que personne n'avait songé à réparer s'ouvraient dans le vieux mur du parc. En nous avançant parmi les arbres, nous avions atteint et traversé la pelouse et nous allions passer par la fenêtre quand, d'un bosquet de laurier, surgit quelque chose qui ressemblait à un enfant hideux et difforme ; l'étrange créature se jeta sur l'herbe en se tordant les membres, puis soudain, traversant la pelouse en courant, se perdit dans l'obscurité.

– Grand Dieu ! murmurai-je, vous avez vu ?

Holmes fut sur le moment aussi étonné que moi. Dans sa surprise, sa main se referma sur mon poignet, comme un étau, puis il se mit à rire en sourdine et approcha ses lèvres de mon oreille.

– Charmant séjour ! murmura-t-il, c'est le babouin.

J'avais oublié les étranges animaux favoris du docteur. Il y avait aussi un guépard. Du coup, j'avoue que je me suis senti l'esprit plus à l'aise quand, après avoir suivi l'exemple de Holmes en ôtant mes souliers, je me trouvai dans la chambre à coucher. Sans aucun bruit, mon compagnon ferma les volets, replaça la lampe sur la table et jeta un regard autour de la pièce. Tout était tel que nous l'avions vu dans la journée. Alors, s'étant glissé jusqu'à moi, la main en cornet, il me murmura de nouveau à l'oreille, si bas que je pouvais tout juste distinguer les mots :

– Le moindre bruit serait fatal à nos projets.

De la tête je fis signe que j'avais entendu.

– Il faut que nous restions assis sans lumière. Il la verrait par le trou d'aération.

J'acquiesçai de nouveau.

– Ne vous endormez pas. Votre vie même en dépend. Gardez votre revolver tout prêt, pour le cas où nous en aurions besoin. Je demeurerai assis à côté du lit et vous sur cette chaise-là.

Je pris mon revolver et le plaçai sur le coin de la table.

Holmes avait apporté une canne longue et mince qu'il plaça sur le lit à côté de lui. Près de la canne, il posa une boîte d'allumettes et un bout de bougie, puis il tourna la mèche de la lampe et nous fûmes dans l'obscurité.

Comment oublierai-je jamais cette veillée terrible ? Je ne pouvais entendre aucun bruit, pas même le souffle d'une respiration et pourtant je savais que mon compagnon était assis, les yeux grands ouverts, à quelques pieds de moi, dans un état de tension nerveuse identique au mien. Les volets ne laissaient pas percer le moindre rayon de lumière et nous attendions dans une obscurité absolue. Du dehors venait parfois le cri d'un oiseau nocturne et, une fois, sous notre fenêtre même, un gémissement prolongé comme celui d'un chat vint nous dire que le guépard était bien en liberté. Très loin, nous pouvions entendre les coups graves de l'horloge de la paroisse qui retentissaient tous les quarts d'heure. Comme ils semblaient longs ces quarts d'heure ! Minuit sonna, puis une heure, puis deux, puis trois, et nous étions toujours assis, là, à attendre en silence ce qui pourrait arriver.

Soudain une lueur momentanée apparut dans la direction de la bouche d'air ; elle s'évanouit tout de suite, mais une forte odeur d'huile qui brûlait et de métal chauffé lui succéda. On venait d'allumer une lanterne sourde dans la chambre voisine. Je perçus le bruit d'un mouvement très doux, puis tout fut de nouveau silencieux, bien que l'odeur se fît plus forte. Pendant une demi-heure je restai assis, l'oreille tendue. Alors, tout à coup, un autre bruit se fit entendre – un bruit calme, très doux, comme celui d'un jet de vapeur s'échappant sans discontinuer d'une bouilloire. Au moment où nous l'entendions, Holmes sauta du lit, frotta une allumette et, de sa canne, cingla avec fureur le cordon de sonnette.

– Vous le voyez, Watson ? hurla-t-il. Vous le voyez ?

Mais je ne voyais rien. Au moment où Holmes gratta son allumette, j'entendis un sifflement bas et clair, toutefois la lumière éclatant soudain devant mes yeux fatigués fit qu'il me demeurait impossible de dire sur quoi mon ami frappait aussi sauvagement. Je pus voir pourtant que son visage, rempli d'horreur et de dégoût, était d'une pâleur de mort.

Il avait cessé de frapper et il regardait fixement la bouche d'air quand, soudain, éclata dans le silence de la nuit le cri le plus horrible que j'aie jamais entendu. Il s'enfla, toujours de plus en plus fort, en un rauque rugissement où la douleur, la peur et la colère s'unissaient pour en faire un cri perçant et terrible. Il paraît que jusque là-bas, dans le village, et même jusqu'au lointain presbytère, ce cri réveilla les dormeurs dans leur lit. Il nous glaça le cœur et je demeurai là, à regarder Holmes du même regard exorbité dont lui-même me regarda, jusqu'à ce que mourussent enfin dans le silence les échos de ce cri qui l'avait troublé.

– Qu'est-ce que cela signifie ? haletai-je.

– Cela signifie que tout est fini, répondit Holmes, et peut-être, après tout, en est-il mieux ainsi. Prenez votre revolver et nous entrerons dans la chambre du docteur Roylott.

Le visage grave, il alluma la lampe et sortit dans le corridor. Deux fois il frappa à la porte du docteur Roylott sans obtenir de réponse. Alors il tourna la poignée et entra. Je le suivais, sur ses talons, mon revolver armé à la main.

Ce fut un singulier spectacle qui s'offrit à nos yeux. Sur la table se trouvait une lanterne sourde dont le volet était à moitié levé ; elle jetait un vif rayon de lumière sur le coffre en fer dont la porte était entrouverte. À côté de cette table, sur la chaise en bois était assis le docteur Grimesby Roylott, vêtu d'une robe de chambre grise qui laissait voir ses chevilles nues et ses pieds glissés dans des babouches rouges. Sur ses genoux reposait le petit fouet à la longue lanière que nous avions remarqué dans la journée. Son menton était levé et ses yeux rigides considéraient le coin du plafond avec un regard d'une fixité terrible. Autour du front, on lui voyait une étrange bande jaune aux taches brunâtres, et qui semblait lui enserrer étroitement la tête. À notre entrée, il ne dit pas un mot et ne fit pas un geste.

– La bande ! La bande mouchetée ! murmura Holmes.

Je fis un pas en avant. Un instant après, l'étrange coiffure se mit à remuer et des cheveux de l'homme surgit la tête plate en forme de losange, puis le cou gonflé d'un odieux serpent.

– C'est un serpent des marais ! s'écria Holmes, le plus terrible des serpents de l'Inde. Il est mort moins de dix secondes après avoir été mordu. La violence, en vérité, retombe bien sur ceux qui la provoquent et celui qui complote tombe dans la fosse qu'il creuse pour autrui. Rejetons cette bête dans son antre ; après quoi nous pourrons alors conduire Mlle Stoner en lieu sûr, puis informer la police de ce qui s'est passé.

Tout en parlant, il prit vivement le fouet sur les genoux du mort et, jetant le nœud coulant autour du cou du reptile, il l'arracha de son horrible perchoir et, en le portant à bout de bras, le lança dans le coffre qu'il referma sur lui.

Tels sont les faits qui amenèrent la mort du docteur Grimesby Roylott, de Stoke Moran. Il n'est pas nécessaire d'allonger un récit qui n'est déjà que trop long, pour dire comment nous avons annoncé la triste nouvelle à la jeune fille terrifiée ; comment, par le train du matin, nous sommes allés la confier aux soins de sa bonne tante à Harrow et comment enfin la lente procédure de l'enquête officielle aboutit à la conclusion que le docteur était mort, victime de son imprudence, en jouant avec un de ses dangereux animaux favoris. Le peu qu'il me reste à rapporter me fut dit par Sherlock Holmes le lendemain, pendant notre voyage de retour.

– J'étais d'abord arrivé, dit-il, à une conclusion tout à fait erronée ; cela montre, mon cher Watson, comment il est dangereux de raisonner sur des données insuffisantes. La présence des bohémiens et l'emploi du mot « bande » dont la jeune fille s'était servie sans doute pour expliquer l'horrible apparition qu'elle n'avait fait qu'entrevoir à la lueur de son allumette m'avaient mis sur une piste entièrement fausse. Je ne peux que revendiquer le mérite d'avoir immédiatement reconsidéré ma position quand il me parut évident que, quelque soit le danger qui menaçât un occupant de la chambre, ce danger ne pouvait venir ni par la porte ni par la fenêtre. Mon attention fut attirée tout de suite, comme je vous l'ai dit déjà, sur la bouche d'air et le cordon de sonnette qui descendait sur le lit. La découverte que ce n'était qu'un trompe-l'œil et que le lit était assujetti au plancher me fit sur-le-champ soupçonner que cette corde était là pour servir de pont à quelque chose qui passait par le trou et descendait vers le lit. L'idée d'un serpent se présenta tout de suite et quand j'associai cette idée au fait – connu de nous – que le docteur faisait venir de nombreux animaux des Indes, j'ai senti que j'étais probablement sur la bonne voie. L'idée de se servir d'une sorte de poison que ne pourrait déceler aucune analyse clinique était bien celle qui viendrait à un homme intelligent et cruel, accoutumé aux choses de l'Orient. La rapidité avec laquelle ce poison agirait serait aussi, à son point de vue, un avantage. Il faudrait un coroner aux yeux bien perspicaces pour aller découvrir les deux petites piqûres sombres qui révéleraient l'endroit où les crochets empoisonnés auraient accompli leur œuvre. C'est alors que j'ai pensé au sifflet. Naturellement il lui fallait rappeler le serpent avant que la lumière du jour ne le révélât à la victime. Il l'avait accoutumé, probablement en se servant du lait que nous avons vu, à revenir vers lui quand il l'appelait. Quand il le passait par la bouche d'air à l'heure qu'il jugeait la plus favorable, il avait la certitude que l'animal ramperait le long de la corde et descendrait sur le lit. Il pouvait mordre ou ne pas mordre la jeune fille, peut-être pourrait-elle y échapper toutes les nuits pendant toute une semaine, mais tôt ou tard elle serait fatalement la victime du serpent.

« J'en étais arrivé à ces conclusions avant même d'être entré dans la chambre du docteur. Une inspection de sa chaise me montra qu'il avait l'habitude de monter dessus, ce qui, naturellement, était nécessaire pour atteindre la bouche d'air. La vue du coffre, la soucoupe de lait et la boucle du fouet à chien suffirent pour chasser enfin toute espèce de doute que je pouvais encore avoir. Le bruit métallique entendu par Mlle Stoner était, manifestement, dû au fait que le beau-père fermait en toute hâte la porte du coffre sur son dangereux locataire. Ayant ainsi bien arrêté mes idées, vous savez les mesures que j'ai prises pour les vérifier. J'ai entendu siffler le serpent, tout comme, je n'en doute pas, vous l'avez vous-même entendu ; j'ai tout de suite allumé et je l'ai attaqué.

– Avec ce résultat, que vous l'avez refoulé par la bouche d'air.

– Et ce résultat aussi qu'il s'est, de l'autre côté, retourné contre son maître. Quelques-uns de mes coups de canne ont porté et ils ont réveillé si bien sa nature de serpent qu'il s'est jeté sur la première personne qu'il a rencontrée. Il n'y a pas de doute que je ne sois ainsi indirectement responsable de la mort du docteur Grimesby Roylott ; mais je crois pouvoir affirmer, selon toute vraisemblance, qu'elle ne pèsera pas bien lourd sur ma conscience.

L'ASSOCIATION DES HOMMES ROUX

Un jour de l'automne de l'année dernière, j'avais rendu visite à mon ami, M. Sherlock Holmes et je l'avais trouvé en conversation très sérieuse avec un homme corpulent, d'âge mur, au visage fleuri et à la chevelure d'un rouge feu. Tout en m'excusant d'être importun, j'allais me retirer quand Holmes me tira brusquement dans la pièce et ferma la porte derrière moi.

– Vous n'auriez pu venir à un meilleur moment, mon cher Watson, dit-il cordialement.

– Je craignais que vous ne fussiez occupé.

– Je le suis, en effet. Même très occupé !

– Alors, je peux attendre dans la salle voisine.

– Pas du tout. Ce monsieur, cher monsieur Wilson, a été mon associé et mon aide dans beaucoup de mes enquêtes les plus réussies et je ne doute pas qu'il ne me soit également de la plus grande utilité dans la vôtre.

Le monsieur corpulent se leva à moitié de son siège, s'inclina en manière de salut et ses petits yeux ourlés de graisse me regardèrent vivement d'un air interrogateur.

– Asseyez-vous sur ce canapé, dit Holmes, en retombant lui-même dans son fauteuil et en réunissant les extrémités de ses doigts, comme c'était son habitude en ses moments de réflexion. Je sais, mon cher Watson, que vous partagez mon amour de tout ce qui est bizarre et sort des conventions et de la monotone routine de la vie quotidienne. Vous avez témoigné de ce penchant par l'enthousiasme qui vous a poussé à relater et, si vous voulez bien m'excuser de le dire, à embellir tant de mes petites aventures.

– Vos enquêtes ont été pour moi, en vérité, du plus grand intérêt.

– Vous vous rappellerez que j'ai remarqué, l'autre jour, juste avant que nous n'étudiions le très simple problème amené par

Mlle Mary Sutherland, que, pour les effets étranges et les combinaisons extraordinaires, il fallait s'adresser à la vie même, car elle dépasse de loin dans ses audaces, les efforts de l'imagination.

– Proposition que j'ai pris la liberté de mettre en doute.

– C'est vrai, docteur, mais néanmoins il vous faudra vous rendre à mon avis, autrement je ne cesserai d'accumuler fait sur fait jusqu'à ce que votre raison ploie sous leur poids et reconnaisse que je n'ai pas tort. Et maintenant, M. Jabez Wilson, ici présent, a bien voulu me rendre visite ce matin et commencer un récit qui promet d'être un des plus singuliers que j'aie écoutés depuis quelque temps. Vous m'avez entendu remarquer que les choses les plus étranges et les plus singulières sont très souvent associées non à de grands, mais à de petits crimes ; quelquefois même il y a lieu de se demander si vraiment un délit quelconque a été commis. D'après ce que j'ai entendu jusqu'ici il m'est impossible de dire si le cas présent est ou non un exemple de crime, mais la suite des événements est certainement l'une des plus singulières que j'aie jamais entendues. Peut-être, monsieur Wilson, voudriez-vous bien avoir la bonté de recommencer votre récit. Je vous le demande, non seulement parce que mon ami, le docteur Watson, n'en a pas entendu le début, mais aussi parce que la nature particulière de cette histoire fait que je désire vivement entendre de votre bouche tous les détails possibles. En règle générale, quand j'ai obtenu quelques menus renseignements concernant le cours des événements, je puis m'orienter grâce aux milliers d'autres cas similaires qui se présentent à ma mémoire. Dans le cas présent, force m'est pourtant d'admettre que les faits sont, autant que je le crois, sans précédent.

Le gros homme bomba la poitrine, avec un air avantageux. Il tira de la poche intérieure de son pardessus un journal maculé et chiffonné. Pendant qu'il parcourait des yeux la colonne des annonces, la tête penchée en avant, le journal aplati sur ses genoux, je le considérais longuement et je m'efforçais, à la manière de mon compagnon, de déchiffrer tous les renseignements que pouvaient fournir ses vêtements et son aspect.

Je ne tirai, toutefois, pas grand-chose de mon inspection. Tout, en notre visiteur, dénotait un commerçant anglais moyen, obèse, pompeux et lent. Il portait un pantalon rayé assez ample, une redingote noire, non boutonnée et d'une propreté douteuse, un gilet marron avec une grosse chaîne en cuivre qui allait d'une poche à l'autre, et à laquelle pendait, en guise d'ornement, un petit carré de métal percé d'un trou. Il avait posé sur une chaise à côté de lui un chapeau éraillé et un pardessus brun passé, au col de velours tout froissé. J'avais beau regarder, il n'y avait rien de remarquable chez cet homme, à part ses cheveux d'un roux flamboyant et l'expression d'extrême chagrin et de mécontentement que reflétait son visage.

Sherlock Holmes comprit tout de suite ce qui m'occupait et il hocha la tête et sourit en observant mes regards inquisiteurs.

– En dehors des faits évidents, me dit-il, qu'il a, à une certaine époque, accompli un travail manuel, qu'il prise, qu'il est franc-maçon, qu'il a été en Chine et qu'il a fait pas mal d'écriture depuis quelque temps, je ne trouve rien à déduire.

M. Jabez Wilson tressaillit sur sa chaise et garda l'index sur le journal, mais, des yeux, il fixa mon compagnon.

– Comment, juste ciel, avez-vous appris tout cela, monsieur Holmes ? Comment savez-vous, par exemple, que j'ai fait un travail manuel ? C'est aussi vrai que parole d'Évangile, car j'ai commencé par être charpentier de marine.

– Vos mains, mon cher monsieur. Votre main droite a une pointure de plus que votre gauche ; vous avez travaillé avec cette main-là et les muscles en sont plus développés.

– Bon ! Mais la prise et la franc-maçonnerie ?

– Je ne ferai pas injure à votre intelligence en vous disant comment j'ai vu cela, alors que (d'ailleurs quelque peu en violation des règles strictes de votre ordre) vous portez une épingle de cravate faite d'un cercle et d'un compas.

– Ah ! bien sûr ! j'oubliais ça, mais l'écriture ?

– Que pourraient indiquer d'autre la manche de votre habit, luisante comme elle l'est sur une longueur de quinze centimètres et la manche gauche avec une pièce récente près du coude, à l'endroit où vous la posez sur le bureau ?

– Bon, mais la Chine ?

– Le poisson qu'on a tatoué juste au-dessus de votre poignet n'a pu être fait qu'en Chine. J'ai fait une petite étude des marques de tatouage et j'ai même apporté une contribution à la littérature qui en traite. Cette façon adroite de teinter d'un rose délicat les écailles de poisson est particulière à la Chine. Quand, avec cela, je vois une monnaie chinoise pendre à votre chaîne de montre, la chose devient encore plus simple.

M. Jabez Wilson rit d'un rire épais.

– Eh bien ! ça ! je croyais tout d'abord que vous aviez fait quelque chose de fort, mais je vois qu'il n'en était rien, après tout.

– Je commence à penser, Watson, dit Holmes, que je commets une erreur en donnant des explications. « *Omne ignotum pro magnifico* », vous le savez, et ma pauvre réputation, quelle qu'elle soit, y fera naufrage, si je continue à être aussi candide. Est-ce que vous n'arrivez pas à trouver l'annonce, monsieur Wilson ?

– Si, je l'ai à présent, répondit-il, son doigt rouge et épais planté au milieu de la colonne. La voici. C'est avec ça que tout a commencé. Lisez-la vous-même, monsieur.

Je pris le journal et lus ce qui suit : « *À l'Association des Hommes roux : Par suite du legs de feu Ezechiel Hopkins, de Lebanon, Pen. (E.-U.), il y a maintenant une nouvelle vacance qui donne droit à un membre de l'Association à un salaire de quatre livres par semaine pour un travail purement nominal. Tout homme aux cheveux roux, sain de corps et d'esprit et âgé de plus de vingt et un ans, peut postuler. S'adresser en personne lundi à onze heures, à Duncan Ross, aux bureaux de l'Association, 7, Pope's Court, Fleet Street.* »

– Qu'est-ce que cela peut bien vouloir dire ? m'écriai-je, après avoir lu deux fois cette annonce extraordinaire.

Holmes riait tout bas et s'agitait sur sa chaise, comme c'était son habitude quand il était de très bonne humeur.

– Ça sort un peu des sentiers battus, hein ? dit-il. Et maintenant, monsieur Wilson, prenez le départ et dites-nous tout ce qui vous concerne, vous, votre maison et les effets que cette annonce a eus sur votre condition. Vous voudrez bien, docteur, prendre note du journal et de la date.

– C'est la *Chronique du Matin* du 27 avril 1890. Il y a juste deux mois.

– Très bien. Et alors, monsieur Wilson ?

– Eh bien ! c'est comme je vous l'ai dit tout à l'heure, monsieur Sherlock Holmes, dit Jabez Wilson, en essuyant son front. J'ai une petite boutique de prêteur sur gages à Cobourg Square, près de la Cité. Ce n'est pas une grosse affaire et, ces dernières années, elle a tout juste suffi à me faire vivre. Je pouvais autrefois avoir deux employés, mais maintenant je n'en ai qu'un et j'aurais bien du mal à le payer s'il ne consentait à travailler à demi-tarif, pour apprendre le métier.

– Et quel est le nom de cet obligeant jeune homme ?

– Son nom est Vincent Spaulding et il n'est pas si jeune que cela. Il est difficile de dire son âge. On ne saurait souhaiter employé plus actif, monsieur Holmes, et je sais fort bien qu'il pourrait trouver mieux à faire et gagner deux fois ce que je peux lui donner. Mais, après tout, s'il est content, pourquoi irais-je lui mettre des idées dans la tête ?

– Pourquoi, en effet ? Vous me paraissez avoir beaucoup de chance de posséder un employé qui vous revient fort au-dessous du prix habituel. Ce n'est pas, par le temps qui court, le lot habituel de tous les employeurs. Je me demande si votre employé n'est pas aussi remarquable que votre annonce.

– Oh ! il a tout de même ses défauts. Il n'y a jamais eu un type comme lui pour la photographie. Au lieu de se cultiver l'esprit, il est toujours en train de prendre des clichés, et de se précipiter dans la cave comme un lapin dans son trou pour y développer ses photos. C'est son principal défaut, mais, somme toute, c'est quand même un bon travailleur. Il n'y a pas de vice en lui.

– Il est toujours chez vous, je pense ?

– Oui, monsieur. Lui et une fille de quatorze ans qui fait un peu de cuisine simple et qui tient l'appartement propre, c'est tout ce que j'ai dans la maison, car je suis veuf et n'ai jamais eu d'enfants. Nous vivons très tranquilles, monsieur, tous les trois ; et à défaut de mieux nous gardons tout au moins un toit sur nos têtes et nous payons nos dettes.

« La première chose qui nous a bouleversés a été cette annonce. Spaulding est venu dans la boutique il y a juste huit semaines aujourd'hui, avec ce même journal à la main, et il m'a dit :

« – Ah ! monsieur Wilson, ce que je voudrais donc être roux ! »

« – Pourquoi ça ? » demandai-je.

« – Pourquoi ? Il y a encore une vacance à l'Association des Hommes roux. C'est une petite fortune pour celui qui l'aura car je me suis laissé dire qu'il y a plus de vacances que de postulants, si bien que les administrateurs ne savent que faire de l'argent. Si mes cheveux voulaient seulement changer de couleur, voilà une bonne petite place toute prête, où j'entrerais bien ! »

« – Qu'est-ce que c'est donc ? » demandai-je. Voyez-vous, monsieur Holmes, je suis un homme très sédentaire et, comme mes affaires viennent à moi au lieu que ce soit moi qui sois obligé d'aller à elles, je reste souvent des semaines de suite sans poser un pied au-delà du seuil de ma porte. Ce qui fait que je ne sais pas grand-chose de ce qui se passe au-dehors et que ça me fait toujours plaisir qu'on me renseigne un peu.

« – Vous n'avez donc jamais entendu parler de l'Association des Hommes roux ? » me demanda-t-il, les yeux écarquillés.

« – Jamais. »

« – Eh bien ! Ça m'étonne, car on pourrait vous choisir vous-même pour une des places vacantes. »

« – Et qu'est-ce que ça rapporte ? » demandai-je.

« – Oh ! simplement quelque chose comme deux cents livres par an, mais le travail est insignifiant et il ne gêne en rien les autres occupations qu'on peut avoir. »

« – Vous pouvez penser si cela me fit dresser l'oreille, car mes affaires ne sont pas trop brillantes depuis quelques années et deux cents livres seraient tombées fort à propos.

« – Racontez-moi tout », dis-je.

« – Eh bien, dit-il en me montrant l'annonce, vous pouvez voir vous-même, que l'association a une place vacante et voilà l'adresse où il faut s'adresser pour les renseignements. Tout ce que j'en sais c'est que cette association a été fondée par un millionnaire américain, un certain Ezechiel Hopkins qui était très bizarre dans ses façons d'agir. Étant lui-même roux, il avait beaucoup de sympathie pour tous les rouquins. Alors, quand il est mort, on a constaté qu'il avait laissé son énorme fortune entre les mains d'administrateurs chargés de disposer des intérêts en procurant des sinécures à des hommes dont les cheveux auraient la même couleur que les siens. D'après ce que j'ai appris, on est splendidement payé et on n'a pas grand-chose à faire. »

« – Mais, dis-je, il y aurait des millions de rouquins pour solliciter ces places-là ! »

« – Pas tant qu'on pourrait croire, répondit-il. Voyez-vous, en réalité ça se borne aux Londoniens et aux adultes. Cet Américain était parti de Londres quand il était jeune et il voulait faire quelque chose pour sa bonne vieille ville natale. On m'a dit aussi que ce n'était pas la peine de postuler si vos cheveux roux étaient d'un rouge clair ou d'un rouge foncé ; il les faut vraiment d'un rouge brillant, éclatant, d'un rouge feu. Or, vous, si vous vouliez être candidat, monsieur Wilson, vous n'auriez qu'à vous présenter au bureau, mais peut-être ça ne vaudrait-il pas la peine de vous déranger pour quelques centaines de livres ? »

« C'est un fait, messieurs, comme vous pouvez le voir par vous-mêmes, que mes cheveux sont d'une nuance riche et irréprochable, de sorte qu'il me semblait que, s'il devait y avoir une compétition quelconque sous ce rapport, j'avais une chance qui valait celle de n'importe qui que j'eusse jamais rencontré. Vincent Spaulding me paraissait en savoir si long là-dessus que je crus qu'il pourrait m'être utile ; alors je lui ai donné l'ordre de mettre les volets pour cette journée-là et de venir sur-le-champ avec moi. Il ne demandait pas mieux que d'avoir un jour de congé, nous avons donc fermé la boutique et nous sommes partis à l'adresse donnée dans l'annonce. Jamais je ne reverrai un spectacle pareil, monsieur Holmes. Du Nord, du Sud, de l'Est, et de l'Ouest, tous les hommes avec une nuance de roux dans les cheveux s'étaient acheminés vers la Cité pour répondre à l'annonce. Fleet Street était encombrée de rouquins et Pope's Court ressemblait à une petite voiture de marchand d'oranges. Je n'aurais pas cru qu'il y eût dans tout le pays autant de roux qu'en avait réunis là cette seule annonce. Toutes les nuances de la couleur s'y trouvaient, – paille, orange, citron, marron, doré, brunâtre, plâtreux –, mais, comme le disait Spaulding, il n'y en avait pas beaucoup qui avaient la véritable nuance feu. Quand j'ai vu la multitude de ceux qui attendaient là, j'y aurais bien renoncé de désespoir, mais Spaulding ne voulait rien entendre. Comment il se débrouilla, je n'en sais rien, mais il tira, poussa, bouscula tant et si bien qu'il me fit avancer à travers la foule jusqu'en haut des marches qui conduisaient au bureau. Le trafic, sur cet escalier, s'était établi en une double file, les uns montant pleins d'espoir, les autres descendant découragés ; toutefois, nous nous sommes insérés de notre mieux dans le flot montant et nous sommes arrivés dans le bureau. »

– Votre expérience a été très amusante, remarqua Holmes, pendant que son client s'arrêtait pour se rafraîchir la mémoire avec une pincée de tabac. Je vous en prie, poursuivez votre très intéressant récit.

– Dans le bureau, il n'y avait rien, à part deux chaises en bois et une table en bois blanc, derrière laquelle était assis un petit homme dont la tête était encore plus rouge que la mienne. Il disait quelques mots à chaque candidat qui entrait, puis il se débrouillait pour lui trouver toujours quelque défaut qui l'écartait. Obtenir cette place vacante ne paraissait en fin de compte pas chose facile. Toutefois, quand vint notre tour, le petit bonhomme fut avec moi beaucoup plus aimable qu'il ne l'avait été avec chacun des autres ; quand nous fûmes entrés, il ferma la porte, afin d'avoir avec nous un entretien particulier.

« – Voici M. Jabez Wilson, dit mon employé, et il est prêt à occuper un poste vacant dans l'association. »

« – Et il y fera admirablement l'affaire », répondit l'autre. Il remplit toutes les conditions. Je ne me souviens pas d'avoir vu rien de si beau. Il fit un pas en arrière, inclina la tête de côté et considéra mes cheveux avec tant d'insistance que j'en étais tout à fait gêné. Puis, tout à coup, faisant un plongeon en avant, il me saisit la main et me félicita chaudement de mon succès.

« – Hésiter serait une injustice, dit-il. Pourtant vous m'excuserez, j'en suis sûr, de prendre une précaution qui s'impose. »

« Là-dessus il a empoigné mes cheveux à deux mains et il a tiré dessus à tel point que j'ai hurlé de douleur.

« – Il y a de l'eau dans vos yeux, dit-il tout en me lâchant. Je vois que tout est correct, mais nous sommes obligés de prendre garde : deux fois nous avons été trompés par des perruques et une fois par de la couleur. Je pourrais vous raconter une histoire de poix de cordonnier à vous dégoûter de la nature humaine. » Il fit quelques pas vers la fenêtre et de là cria, aussi fort qu'il put, que la situation vacante était attribuée. Des grognements de déception montèrent de la rue et la foule s'écoula de divers côtés, tant et si bien qu'on ne pouvait plus voir une tête rousse, sauf la mienne et celle de l'administrateur.

« – Mon nom, dit-il, est M. Duncan Ross et je suis moi-même l'un des bénéficiaires du legs laissé par notre noble bienfaiteur. Êtes-vous marié, monsieur Wilson ? Avez-vous de la famille ? »

« Je répondis que je n'en avais pas. Son visage changea tout de suite.

« – Mon Dieu ! dit-il gravement, voilà qui est sérieux, en vérité. Je suis navré de vous entendre. Les fonds étaient naturellement destinés à la propagation et à la diffusion des têtes rousses aussi bien qu'à leur entretien. C'est bien malheureux que vous soyez célibataire. »

« Ma figure s'allongea, monsieur Holmes, alors, car je pensais qu'après tout je n'allais pas obtenir cette place vacante, mais quand il eut réfléchi quelques minutes, il déclara que ça irait tout de même.

« – S'il s'agissait d'un autre, dit-il, l'objection pourrait être fatale, mais nous ne devons pas être trop sévères à l'égard d'une tête qui a des cheveux comme les vôtres. Quand serez-vous en état d'assumer vos nouvelles fonctions ? »

« – Hum ! c'est un peu embarrassant, car j'ai déjà une petite affaire. »

« – Ah ! ne vous en faites pas pour cela, monsieur Wilson ! dit Vincent Spaulding. Je pourrai y veiller pour vous. »

« – Quels seraient les horaires ? » demandai-je.

« – De dix heures à deux heures. »

« – Or, les affaires d'un prêteur sur gages se font surtout le soir, monsieur Holmes, et plus spécialement le jeudi et le vendredi soir, veille de la paye ; cela faisait donc bien mon affaire de gagner quelque argent le matin. En outre, je savais que mon commis était un brave garçon et qu'il s'occuperait de tout ce qui pourrait se présenter.

« – Ça m'irait tout à fait, dis-je. Et le salaire ? »

« – Quatre livres par semaine. »

« – Et le travail ? »

« – Il est purement nominal. »

« – Qu'entendez-vous par purement nominal ? »

« – Eh bien ! il faudra que vous vous teniez tout le temps dans le bureau ou, du moins, dans la maison. Si vous vous absentez, vous perdez votre place pour toujours. Le testament est très formel sur ce point. Vous ne remplissez pas les conditions si vous sortez du bureau pendant ce temps. »

« – Ça ne fait jamais que quatre heures, dis-je, et je ne songerai pas à m'en aller. »

« – On n'admet aucune excuse, dit M. Duncan Ross, ni maladie, ni affaire, ni rien du tout. Vous devez rester là ou vous perdez votre place.

« – Et la besogne ? »

« – Elle consiste à copier l'*Encyclopédie britannique*. Le premier volume se trouve dans cette armoire. Vous devez vous procurer votre encre, vos plumes et du papier buvard, mais nous fournissons cette table et cette chaise. Serez-vous prêt demain ? »

« – Certainement », répondis-je.

« – Alors, au revoir, monsieur Jabez Wilson, et permettez-moi de vous féliciter encore une fois de la situation importante que vous avez eu la bonne fortune d'obtenir. » Il s'inclina pour me congédier et je suis rentré chez moi avec mon employé, sachant à peine que dire ou que faire, tant j'étais enchanté de ma bonne fortune.

« Eh bien ! toute la journée j'y ai repensé et, quand vint le soir, je me sentais de nouveau déprimé, car j'avais fini par me persuader que toute cette affaire devait être une vaste mystification, une immense duperie, mais j'étais bien incapable de voir quel en pouvait être l'objet. Il me semblait tout à fait incroyable que quelqu'un pût faire un pareil testament ou qu'on payât une telle somme pour faire quelque chose d'aussi simple que de copier des pages de l'*Encyclopédie britannique*. Le matin, cependant, je résolus d'y aller voir tout de même ; j'achetai donc une bouteille d'encre de deux sous, une plume et sept grandes feuilles de papier et je me mis en route pour Pope's Court.

« Je ne fus pas peu surpris et enchanté de voir que tout se présentait normalement. Ma table était prête et M. Duncan Ross était là pour voir si je me mettais honnêtement au travail. Il me fit commencer par la lettre A, et puis il me quitta ; mais de temps en temps il revenait pour se rendre compte si tout allait bien. À deux heures, il me souhaita le bonjour, me félicita de ce que j'en avais écrit pas mal et ferma la porte du bureau derrière lui.

« Cela continua ainsi jour après jour, monsieur Holmes, et le samedi le directeur vint et posa sur la table quatre souverains en or pour mon travail de la semaine. Tous les matins j'étais là à dix heures, et tous les après-midi, je quittais à deux heures. Peu à peu, M. Duncan Ross commença à ne passer qu'une fois le matin, et puis, après un certain temps, il ne vint plus du tout. Toutefois, je n'ai naturellement jamais osé quitter la pièce un instant, car je n'étais pas sûr de l'heure où il pourrait venir et la place était si bonne et me convenait si bien que je n'aurais pas voulu risquer de la perdre.

« Huit semaines se sont écoulées ainsi ; j'avais recopié des tas de choses sur les Abbés, l'Arc, l'Armor, l'Architecture et l'Attique et j'espérais, en m'appliquant, pouvoir arriver au B avant longtemps. Ça me faisait quelques frais en papier écolier et j'en avais de mon écriture déjà rempli presque une main quand tout à coup toute l'affaire a pris fin.

– A pris fin ?

– Oui, monsieur, et pas plus tard que ce matin… Je suis allé à mon travail, comme d'habitude, à dix heures, mais la porte était fermée à clé, avec au milieu du panneau un petit carré de carton cloué avec des semences. Le voici et vous pouvez le lire.

Il nous présenta un morceau de carton blanc, de la dimension d'une feuille de papier à lettres. Il était libellé ainsi :

L'ASSOCIATION DES HOMMES ROUX EST DISSOUTE
Le 9 octobre 1890.

Sherlock Holmes et moi-même, nous regardâmes cette brève annonce et, derrière, le visage tout marri de celui qui nous la présentait. Enfin, le côté comique de cette affaire l'emporta si bien sur toute autre considération que tous les deux nous éclatâmes de rire.

– Je ne vois pas ce qu'il y a de drôle là-dedans ! s'écria notre client, rougissant jusqu'aux racines de sa flamboyante chevelure. Si vous ne pouvez rien faire de mieux que rire de moi, je peux m'adresser ailleurs.

– Non, non ! cria Holmes en le repoussant sur la chaise d'où il s'était levé à moitié. En vérité, je ne voudrais pour rien au monde rater cette affaire. Elle est tellement extraordinaire qu'elle en est rafraîchissante. Mais il y a dans l'affaire, si vous voulez bien m'excuser de parler ainsi, quelque chose qui est tout juste un peu comique. Je vous en prie, quelles démarches avez-vous faites lorsque vous avez trouvé cette carte sur la porte ?

– J'étais abasourdi, monsieur, je ne savais que faire. Je me suis alors rendu dans plusieurs des bureaux avoisinants, mais personne ne semblait savoir quoi que ce fût à son sujet. Enfin je suis allé voir le propriétaire – un expert-comptable qui demeure au rez-de-chaussée – et je lui ai demandé s'il pouvait me dire ce qu'était devenue l'Association des Hommes roux. Il m'a répondu qu'il n'avait jamais entendu parler d'une société de ce genre. Je lui ai alors demandé qui était M. Ross. Il m'a répondu que le nom était nouveau pour lui.

« – Eh bien, dis-je, le monsieur du N° 4. »

« – Ah ! l'homme à la tête rousse ? »

« – Oui ! »

« – Oh ! dit-il, son nom est William Morris. C'est un avoué et il a pris cette pièce temporairement en attendant que ses nouveaux locaux soient prêts. Il a déménagé hier. »

« – Où pourrais-je le trouver ? »

« – Eh ! dans ses nouveaux bureaux. Il m'a donné l'adresse. Voyez au 17, rue du Roi-Édouard, près de Saint-Paul. »

« J'y suis allé tout de suite, monsieur Holmes, mais quand je suis arrivé à cette adresse, c'était une manufacture de rotules artificielles et personne n'y avait jamais entendu parler ni de M. William Morris, ni de M. Duncan Ross.

– Et alors qu'avez-vous fait ? demanda Holmes.

– Je suis rentré chez moi à Saxe-Cobourg Square et j'ai pris conseil de mon employé. Mais il ne m'a été d'aucun secours ; il n'a pu que me dire que, si j'attendais, je recevrais des nouvelles par la poste. Mais ce n'était pas bien fameux, ça, monsieur Holmes. Je ne voulais pas perdre une aussi bonne place sans me débattre et comme j'avais entendu dire que vous étiez assez bon pour conseiller les gens qui en avaient besoin, je suis venu tout droit vers vous.

– Et vous avez agi très sagement, dit Holmes. Votre affaire est extrêmement remarquable et je serai heureux de l'étudier. D'après ce que vous m'avez dit, je crois qu'on peut s'attendre à des résultats plus graves qu'on n'en jugerait à première vue.

– Ils sont assez graves ! dit Jabez Wilson. Comment ! Je perds quatre livres par semaine…

– En ce qui vous concerne personnellement, remarqua Holmes, je ne vois pas que vous puissiez avoir un grief quelconque contre cette association extraordinaire. Au contraire, vous êtes, si je comprends bien, plus riche de quelque trente livres, sans parler des connaissances précises que vous avez acquises sur tous les sujets qui commencent par la lettre A. Elle ne vous a fait rien perdre.

– Non, monsieur. Mais je veux être renseigné sur ces gens-là, savoir qui ils sont et quel était leur but en me faisant cette farce, – si c'était une farce... Ç'a été pour eux une plaisanterie assez coûteuse car elle leur a coûté trente-deux livres.

– Nous essaierons d'éclaircir ces points-là pour vous. Et d'abord une ou deux questions, monsieur Wilson. Cet employé que vous avez et qui le premier a attiré votre attention sur cette annonce, depuis combien de temps était-il chez vous ?

– Environ depuis un mois à ce moment-là.

– Comment est-il venu ?

– En réponse à une annonce.

– A-t-il été le seul à s'offrir ?

– Non, il en est venu une douzaine.

– Pourquoi l'avez-vous choisi ?

– Parce qu'il était débrouillard et bon marché.

– À moitié prix, en fait.

– Oui.

– À quoi ressemble-t-il, ce Vincent Spaulding ?

– Petit, bien bâti, vif dans ses mouvements, pas un poil sur la figure, bien qu'il ait presque trente ans ; il a une éclaboussure blanche d'acide sur le front.

Holmes était assis sur sa chaise, assez excité.

– C'est ce que je pensais, dit-il. Vous est-il arrivé de remarquer que ses oreilles sont percées pour qu'il puisse porter des boucles d'oreilles ?

– Oui, monsieur, il m'a dit qu'une Bohémienne lui avait fait ça quand il était petit.

– Hum ! dit Holmes en se renversant, l'air profondément pensif.

– Il est toujours chez vous ?

– Oh ! oui, monsieur, je l'ai quitté tout à l'heure.

– Et votre affaire, il s'en est occupé en votre absence ?

– Il n'y a rien dont je puisse me plaindre. Il n'y a pas fort à faire dans la matinée.

– Cela suffira, monsieur Wilson. Je serai heureux de vous donner mon opinion là-dessus d'ici un jour ou deux. Nous sommes samedi et j'espère que lundi nous arriverons à une conclusion.

– Eh bien ! Watson, dit Holmes quand notre visiteur nous eut quittés. Qu'est-ce que vous dites de tout cela ?

– Je n'en dis rien, répondis-je franchement. C'est une affaire très mystérieuse.

– En général, plus une affaire est bizarre, moins elle se révèle mystérieuse. Ce sont les crimes ordinaires et sans caractère qui sont réellement embarrassants, de même qu'un visage banal est le plus difficile à identifier. Mais il faut que je fasse vite, en l'occurrence.

– Qu'allez-vous donc faire ?

– Je vais fumer. C'est un problème de trois pipes et je vous serais obligé de ne pas me parler pendant cinquante minutes.

Il se pelotonna dans son fauteuil avec ses genoux maigres ramenés jusqu'à son nez de vautour et il demeura là assis, les yeux clos, sa pipe en terre noire projetée en avant comme le bec d'un étrange oiseau.

J'en étais arrivé à la conclusion qu'il s'était endormi, et à vrai dire j'inclinais moi-même au sommeil, quand soudain, bondissant de son siège avec le geste de quelqu'un qui a pris une décision, il posa sa pipe sur la cheminée.

– Sarrasate joue au Saint James's Hall cette après-midi, remarqua-t-il. Qu'en pensez-vous, Watson ? Vos malades pourraient-ils se passer de vous pendant quelques heures ?

– Je n'ai rien à faire aujourd'hui ; ma clientèle ne m'accapare jamais.

– Alors mettez votre chapeau et venez. Je passe par la Cité d'abord et, chemin faisant, nous y déjeunerons. Je remarque qu'il y a pas mal de musique allemande au programme et je la goûte plus que la musique italienne ou française. Elle est introspective et j'ai besoin de faire de l'introspection. En route !

Par le métro, nous sommes allés jusqu'à Aldersgate et une courte marche nous a menés à Saxe-Cobourg Square, scène de la singulière histoire que nous avions écoutée le matin. C'était une petite place, mesquine et de douteuse apparence, où quatre rangées de tristes maisons de briques à deux étages donnaient sur un petit enclos entouré d'un grillage, au milieu duquel une pelouse de mauvaises herbes et quelques buissons de laurier fané luttaient péniblement contre une atmosphère malsaine et chargée de fumée. Trois boules dorées et un panneau brun avec JABEZ WILSON en lettres blanches, au coin d'une maison, nous apprirent l'endroit où notre client aux cheveux rouges exerçait son commerce. Sherlock Holmes s'arrêta en face et, en inclinant la tête d'un côté, examina le bâtiment de haut en bas ; ses yeux brillaient entre ses paupières plissées. Il remonta ensuite lentement la rue, puis la redescendit jusqu'au coin, toujours en regardant fixement les maisons. Enfin, il revint à la maison du prêteur sur gages et après avoir, à deux ou trois reprises, heurté vigoureusement le trottoir avec sa canne, il se dirigea vers la porte et frappa. Elle fut ouverte immédiatement par un jeune homme de mine alerte et rasé de frais qui le pria d'entrer.

– Merci, dit Holmes, je voulais seulement vous demander le chemin d'ici au Strand.

– Troisième à droite, quatrième à gauche, répondit vivement l'employé, qui referma la porte.

– Un garçon malin, celui-là, observa Holmes en nous éloignant. Il est, à mon avis, le quatrième à Londres sous le rapport de l'astuce et pour l'audace je ne jurerais pas qu'il n'a pas le droit de revendiquer le troisième rang. Je l'ai déjà rencontré.

– Évidemment, dis-je, le commis de M. Wilson est pour beaucoup dans ce mystère de l'Association des Hommes roux et je suis sûr que vous avez demandé votre chemin tout simplement pour le voir.

– Pas lui.

– Quoi donc alors ?

– Les genoux de son pantalon.

– Et qu'avez-vous vu ?

– Ce que je m'attendais à voir.

– Pourquoi avez-vous frappé le pavé ?

– Mon cher docteur, c'est maintenant le moment d'observer, non de bavarder. Nous sommes des espions en pays ennemi. Nous savons quelque chose de Saxe-Cobourg Square, explorons à présent les régions qui se trouvent derrière ce pays.

La route où nous nous sommes trouvés en tournant le coin de Saxe-Cobourg Square, si retiré, offrait avec lui un contraste aussi grand que celui que présentent une peinture et son envers. C'était l'une des principales artères qui conduisent vers le nord et l'ouest le trafic de la Cité. La chaussée était bloquée par le flot immense du commerce qui, comme une double marée, monte d'un côté et descend de l'autre, cependant que les trottoirs étaient noirs du fourmillement de piétons marchant en toute hâte. Il était difficile de croire, en regardant cette rangée de belles boutiques et de majestueuses maisons de commerce, qu'elles touchaient de l'autre côté la place stagnante et sans vie que nous venions de quitter.

– Voyons, dit Holmes en s'arrêtant au coin et en jetant un coup d'œil sur la rangée des bâtiments, j'aimerais me rappeler exactement la succession des maisons que voici. C'est une de mes manies que de vouloir connaître Londres avec exactitude. Il y a Morrison, le marchand de tabac ; la petite boutique aux journaux, l'Agence de la Banque de la Cité et de la Banlieue, le restaurant végétarien, la succursale de la Carrosserie Mac Farlane et cela nous amène juste à l'autre pâté de maisons. Et maintenant, docteur, nous avons fini notre besogne, il est donc temps que nous prenions quelque distraction. Un sandwich et une tasse de thé, et en route pour le pays des violons où tout est douceur, et délicatesse, et harmonie, et où il n'y a pas de clients à tête rousse pour nous ennuyer avec leurs énigmes.

Mon ami était un musicien enthousiaste. Lui-même était non seulement un exécutant habile, mais aussi un compositeur de valeur exceptionnelle. Toute l'après-midi il demeura dans son fauteuil, noyé dans le bonheur le plus parfait ; ses longs doigts minces battaient doucement la mesure de la musique, et son visage un peu souriant, ses yeux indifférents et rêveurs ressemblaient aussi peu que possible à ceux de Sherlock Holmes le limier, de Holmes l'impitoyable détective, dont l'intellect était si pénétrant, et la main si agile. La dualité de son caractère si particulier s'affirmait alternativement et son extrême prévision, sa finesse constituaient, je l'ai souvent pensé, une réaction contre l'humeur poétique et contemplative qui l'emportait parfois chez lui. Ces oscillations de sa nature le menaient d'une indifférence extrême à une activité dévorante ; et, ainsi que j'avais eu l'occasion de m'en rendre compte, il n'était jamais aussi formidable qu'au moment où il avait, pendant des jours d'affilée, flâné dans son fauteuil, absorbé par ses improvisations musicales et ses livres anciens. C'était alors que l'ardente passion du chasseur s'emparait de lui et que sa puissante faculté de raisonnement s'élevait au niveau de l'intuition ; alors, ceux qui connaissaient ses méthodes le regardaient comme un homme dont la science n'était pas celle des autres mortels. En le voyant, cette après-midi-là, ravi par la musique au Saint James's Hall, je sentais qu'un mauvais quart d'heure approchait pour ceux à la poursuite de qui il s'était lancé.

– Sans doute désirez-vous rentrer, docteur ? remarqua-t-il quand nous fûmes sortis.

– Oui, ça sera tout aussi bien.

– Et j'ai quelque chose à faire qui me prendra quelques heures. Cette affaire de Cobourg Square est sérieuse.

– Pourquoi sérieuse ?

– On projette un forfait de grande envergure. J'ai tout lieu de croire que nous arriverons à temps pour l'empêcher. Mais le fait que c'est aujourd'hui samedi complique un peu les choses. J'aurai besoin de votre aide, ce soir.

– À quelle heure ?

– Dix heures, ce sera assez tôt.

– Je serai à Baker Street à dix heures.

– Très bien. Et, dites donc, il se peut qu'il y ait quelque danger, ayez donc la bonté de mettre votre revolver d'ordonnance dans votre poche.

Il fit un geste de la main, tourna sur ses talons et en un instant disparut dans la foule.

Je crois n'être pas plus obtus que mon prochain, mais dans mes rapports avec Sherlock Holmes, j'ai toujours été accablé par le sentiment de ma stupidité. Dans le cas présent, j'avais entendu ce qu'il avait entendu, j'avais vu ce qu'il avait vu et, pourtant, d'après ses paroles, il était évident qu'il voyait clairement non seulement ce qui était arrivé, mais ce qui allait arriver, alors que pour moi toute l'affaire demeurait confuse et grotesque. Tout en rentrant en voiture chez moi à Kensington, je repassais tout dans mon esprit ; depuis l'histoire extraordinaire du rouquin qui copiait l'*Encyclopédie britannique* jusqu'à la visite à Saxe-Cobourg Square et aux paroles assez sinistres sur lesquelles Holmes m'avait quitté. Qu'était-ce que cette expédition nocturne et pourquoi devais-je y aller armé ? Où allions-nous et qu'allions-nous faire ? Je savais, grâce à l'allusion de Sherlock que ce commis du prêteur sur gages, ce jeune homme au doux visage était un homme formidable – un homme capable de jouer très fin. Je tentai d'y débrouiller quelque chose, mais en désespoir de cause, j'y renonçai et n'y voulus plus penser jusqu'à ce que la nuit apportât une explication.

Il était neuf heures et quart quand je partis de chez moi et me dirigeai vers Baker Street, en passant par le parc et Oxford Street. Deux fiacres se trouvaient à la porte et, en pénétrant dans le corridor, j'entendis des voix en haut. Une fois dans la pièce je trouvai Holmes en conversation animée avec deux hommes ; je reconnus en l'un d'eux Peter Jones, un inspecteur de la police officielle ; l'autre était un homme long et mince, qui, avec une figure triste, portait un chapeau très brillant et une redingote d'une respectabilité à crier.

– Ah ! notre troupe est au complet ! dit Holmes en boutonnant sa vareuse et en prenant au râtelier son lourd stick de chasse. Watson, vous connaissez, je crois, M. Jones, de Scotland Yard. Que je vous présente donc à M. Merryweather qui doit être notre compagnon dans l'aventure de ce soir.

– Nous chassons de nouveau par couples, docteur, vous le voyez, dit Jones, avec son air suffisant. Notre ami est un homme merveilleux pour lever le gibier, mais il lui faut un vieux chien pour l'aider à l'épuiser à la course.

– J'espère que nous ne reviendrons pas bredouilles de cette chasse ! remarqua M. Merryweather d'un ton mélancolique.

– Vous pouvez accorder la plus grande confiance à monsieur Holmes, monsieur, dit pompeusement l'agent de police. Il a ses petites méthodes à lui qui sont, s'il veut bien me permettre de parler ainsi, juste un peu trop théoriques et fantasques, mais il a en lui l'étoffe d'un détective. Ce n'est pas trop dire qu'une fois ou deux, comme dans l'affaire de l'assassinat de Sholto et dans celle du trésor d'Agra, il a vu plus clair que la police officielle.

– Oh ! si vous parlez ainsi, monsieur Jones, fort bien ! dit l'inconnu avec respect. Pourtant, j'avoue que ma partie de whist me manque. C'est le premier samedi soir depuis vingt-sept ans où je n'aurai pas fait mon whist.

– Vous trouverez, je crois, dit Sherlock Holmes, que vous jouez ce soir pour un enjeu plus élevé que vous ne l'avez jamais fait et que le jeu sera plus passionnant. Pour vous, monsieur Merryweather, l'enjeu sera de quelque trente mille livres ; et pour vous, M. Jones, ce sera l'homme sur lequel vous désirez mettre la main.

– John Clay, assassin, voleur, banqueroutier et faussaire. C'est un homme jeune, M. Merryweather, mais il est à la tête de sa profession et j'aimerais mieux lui passer les menottes à lui qu'à n'importe quel criminel de Londres. C'est un homme remarquable, éminemment remarquable, que le jeune John Clay. Son grand-père était un duc et lui-même a été élève d'Eton et d'Oxford. Son cerveau est aussi habile que ses doigts, et, bien que nous trouvions ses traces à tous les tournants, nous n'avons jamais su où dénicher l'individu. En Écosse, il vole dans une chaumière une semaine et, la semaine suivante, il donne de l'argent pour bâtir un orphelinat en Cornouailles. Pendant des années j'ai été sur sa piste et je ne l'ai encore jamais vu.

– J'espère avoir le plaisir de vous le présenter ce soir. J'ai, moi aussi, un ou deux petits comptes à régler avec M. John Clay et je conviens avec vous qu'il est à la tête de sa profession. Cependant il est dix heures passées et grand temps de partir. Si vous voulez, vous deux, prendre le premier fiacre, Watson et moi suivrons dans le second.

Sherlock Holmes ne se montra pas très communicatif pendant cette longue course ; adossé à la banquette, il fredonnait les airs qu'il avait entendus dans l'après-midi. Nous roulâmes à travers un interminable labyrinthe de rues mal éclairées jusqu'à notre arrivée dans Farrington Street.

– Nous ne sommes plus bien loin maintenant. Le bonhomme Merryweather est directeur d'une banque et personnellement intéressé dans l'affaire. J'ai pensé que ce serait aussi bien de prendre Jones avec nous. Ce n'est pas un mauvais type, bien que ce soit un parfait imbécile dans sa profession. Il n'a qu'une seule qualité positive. Il est aussi brave qu'un bouledogue et, s'il met la pince sur quelqu'un, aussi tenace qu'un homard. Nous y voici et ils nous attendent.

Nous étions arrivés à cette même voie encombrée où nous étions venus le matin. Nous renvoyâmes nos fiacres et, derrière M. Merryweather qui nous guidait, nous suivîmes un passage étroit et franchîmes une porte latérale qu'il nous ouvrit. À l'intérieur il y avait un petit corridor qui se terminait par une porte en fer très massive. Celle-ci, qui fut également ouverte, donnait au bas d'un escalier de pierre en colimaçon qui aboutissait à une autre porte formidable. M. Merryweather l'ouvrit encore, puis s'arrêta pour allumer une lanterne. Il nous fit ensuite descendre un couloir sombre qui sentait la terre et ainsi, après avoir ouvert une dernière porte, nous mena dans une cave, sous une grande voûte, bondée tout autour de caisses et de boîtes massives.

– Vous n'êtes pas très vulnérable de là-haut, remarqua Holmes en levant la lanterne et en regardant autour de lui.

– Ni d'en bas ! dit M. Merryweather, en frappant de son bâton les dalles qui couvraient le sol. Oh mais ! mon Dieu ! ça sonne tout à fait creux, remarqua-t-il en levant la tête d'un air surpris.

– Je suis obligé de vous demander de rester un peu plus calme, dit Holmes, sévèrement. Vous avez déjà compris tout le succès de notre expédition. Puis-je vous prier d'avoir la bonté de vous asseoir sur une de ces boîtes et de ne plus vous mêler de rien ?

L'air très offensé, le solennel M. Merryweather se percha sur une des boîtes, tandis que Holmes tombait à genoux sur le sol et, armé de la lanterne et d'une loupe, se mettait en devoir d'examiner les fentes entre les dalles. Quelques secondes suffirent à le satisfaire car il se releva vivement et mit la loupe dans sa poche.

– Nous avons au moins une heure devant nous, observa-t-il, car ils ne peuvent guère faire quoi que ce soit avant que ce brave homme de prêteur ne se trouve dans son lit. Mais alors ils ne perdront pas une minute, car plus vite ils iront en besogne, plus ils auront de temps pour fuire. Nous sommes à présent, docteur – comme sans doute vous l'avez deviné – dans la cave de la succursale pour la Cité de l'une des principales banques de Londres. M. Merryweather en préside le conseil d'administration et il vous expliquera qu'il y a d'excellentes raisons pour que les plus audacieux bandits s'intéressent puissamment à cette cave en ce moment.

– C'est notre or français, murmura l'administrateur. On nous a avertis à plusieurs reprises qu'il pourrait y avoir une tentative de vol.

– Votre or français ?

– Oui. Nous avions eu l'occasion, il y a quelques mois, d'augmenter notre capital et, à cet effet, nous avons emprunté trente mille louis à la Banque de France. On a su que nous n'avions jamais eu l'occasion de sortir cet or des caisses et qu'il dort toujours dans notre cave. La caisse sur laquelle je suis renferme deux mille louis placés entre des feuilles de plomb. Notre réserve métallique se trouve tout entière dans une seule succursale et le Conseil a éprouvé quelques craintes à ce sujet.

– Craintes hautement justifiées, dit Holmes. Et maintenant il est temps de prendre nos dispositions ; je m'attends à ce que d'ici une heure cette affaire aboutisse. En attendant, monsieur Merryweather, il faut couvrir cette lanterne sourde.

– Et demeurer assis dans le noir ?

– Je le crains. J'avais apporté un jeu de cartes dans ma poche et je pensais que comme nous étions quatre vous auriez pu, après tout, faire votre whist ; mais je vois que les préparatifs de l'ennemi sont si avancés que nous ne pouvons courir le risque de conserver de la lumière. Et tout d'abord il faut choisir nos places. Nous avons affaire à des gaillards audacieux et, bien que nous les prenions au dépourvu, ils peuvent quand même nous blesser, si nous ne prenons pas nos précautions. Je me tiendrai derrière la boîte que voici ; cachez-vous derrière celle-là. Puis quand je braquerai ma lumière sur eux, entourez-les rapidement. S'ils tirent, Watson, ne vous faites pas scrupule de les abattre.

J'ai placé mon revolver, tout armé, sur la caisse de bois derrière laquelle je me suis accroupi. Holmes a fait glisser le volet de sa lanterne et nous a laissés dans une obscurité totale, une obscurité comme je n'en avais jamais connu. L'odeur du métal chaud subsistait, pour nous assurer que la lumière était toujours là, prête à jaillir en un instant. Pour moi, dont les nerfs étaient tendus à l'extrême par l'attente, il y avait quelque chose de déprimant et de sédatif tant dans ces ténèbres que dans l'air froid et humide de cette cave.

– Il ne leur reste qu'un moyen de fuir, murmura Holmes, c'est de regagner Saxe-Cobourg Square par la maison. J'espère que vous avez fait ce que je vous ai demandé, Jones ?

– J'ai un inspecteur et deux agents qui attendent à la porte d'entrée.

– Nous avons donc barré toutes les issues. Nous n'avons qu'à nous taire et à attendre.

Que le temps m'a paru long ! Nous nous sommes rendu compte, après, que l'attente n'excéda pas une heure et quart ; pourtant il me semblait qu'il ne devait déjà plus faire nuit et que l'aurore devait poindre là-haut. Mes membres étaient fatigués et ankylosés, car j'avais peur de changer de position et pourtant, avec mes nerfs tendus au plus haut degré, j'avais l'ouïe si fine que non seulement je pouvais entendre la respiration légère de mon compagnon, mais que je pouvais aussi distinguer l'inspiration plus profonde et plus lourde du corpulent Jones de celle plus menue et plus geignarde de l'administrateur de la banque. De ma place je pouvais, par-dessus la boîte, regarder dans la direction du sol. Soudain, mes yeux perçurent un rai de lumière.

Tout d'abord, ce ne fut qu'une vague tache sur le pavé de pierre ; elle s'allongea ensuite et devint une ligne jaune, puis sans qu'aucun bruit nous avertît, une ligne plus large, comme une balafre, sembla s'ouvrir et une main, blanche, presque féminine, apparut, tâtonnant à droite et à gauche, vers le milieu de la petite surface lumineuse. Pendant une minute, peut-être plus, la main avec ses doigts qui s'agitaient dépassa du plancher. Puis, elle se retira aussi soudainement qu'elle avait apparu et de nouveau tout fut noir à l'exception de la tache un peu moins sombre que le reste que faisait une fente entre les dalles. Sa disparition, toutefois, ne fut que momentanée. Avec un bruit d'arrachement, une des larges dalles blanches bascula d'un côté, laissant béant un trou carré, à travers lequel ruissela la lumière d'une lanterne. Au-dessus du bord du trou surgit un visage enfantin, aux traits bien dessinés et dont le possesseur, après un rapide regard autour de lui, posa une main de chaque côté de l'ouverture et, par une traction, éleva son corps d'abord, jusqu'aux épaules, ensuite jusqu'à la ceinture, et tant qu'enfin il eut un genou sur le bord. L'instant d'après, il se tenait debout à côté du trou et hissait auprès de lui son complice, souple et petit comme lui-même, avec un visage pâle et une tignasse de cheveux roux.

– La voie est libre, murmura-t-il. As-tu le ciseau et les sacs ? Bon Dieu ! Saute, Archie, saute ! il y a la potence au bout de cette histoire-là !

Sherlock Holmes n'avait fait qu'un bond et avait saisi l'intrus au collet. L'autre avait plongé dans le trou et j'entendis un bruit de tissu qui se déchirait car Jones s'était cramponné à son paletot. La lumière fit soudain luire le canon d'un revolver, mais la solide canne de Holmes s'abattit sur le poignet de l'homme et l'arme tomba avec fracas sur les dalles.

– Inutile, John Clay, dit Holmes, doucement. C'est sans espoir.

– C'est ce que je vois, répondit l'autre le plus froidement du monde. J'imagine que mon copain s'en est tiré bien que, à ce que je vois aussi, vous gardiez les pans de sa veste.

– Il y a trois hommes qui l'attendent à la porte, dit Holmes.

– Ah ! vraiment. Vous me paraissez avoir très bien fait les choses. Il faut que je vous en félicite.

– Et moi aussi je te félicite. Ton idée des hommes roux était aussi originale qu'efficace.

– Tu verras ton copain tout à l'heure, dit Jones, il dégringole dans les trous plus vite que moi, mais tends les mains, que je te boucle les poucettes.

– Je vous prie de ne pas me toucher avec vos sales pattes, observa notre prisonnier, comme les menottes sonnaient sur ses poignets. Il se peut que vous ignoriez que j'ai du sang royal dans les veines. Ayez donc la bonté aussi, quand vous m'adressez la parole, de me dire « Monsieur » et « s'il vous plaît ».

– Très bien ! dit Jones, étonné mais réjoui. Eh bien ! voudriez-vous, s'il vous plaît, monter. Nous pourrons trouver un fiacre pour conduire Votre Altesse au poste de police.

– Voilà qui est mieux, dit John Clay avec sérénité.

Il nous fit à tous les trois un profond salut et s'en alla tranquillement sous la garde du détective.

– En vérité, monsieur Holmes, dit Merryweather quand nous sortions de la cave derrière eux, je ne sais de quelle façon vous remercier ou vous récompenser. Il ne fait aucun doute que vous avez découvert et déjoué en tout point la tentative la plus audacieuse dont j'aie jamais entendu parler en fait de vol de banque.

– J'avais un ou deux petits comptes à régler avec M. John Clay, dit Holmes. J'ai engagé quelques dépenses dans l'affaire qui nous occupe et je compte que la banque me les remboursera, mais, en dehors de cela, je suis amplement payé par le fait que j'ai vécu ici une expérience unique à bien des points de vue et aussi parce que cela m'a valu de connaître l'histoire, fort remarquable, de l'Association des Hommes roux.

– Voyez-vous, Watson, m'expliqua-t-il aux premières heures de la matinée, tandis que nous prenions un verre de whisky-soda dans Baker Street, il était parfaitement clair dès l'abord que le seul mobile possible de cette affaire plutôt fantastique que constituaient l'annonce de l'association et la copie de l'*Encyclopédie* devait être de se débarrasser quelques heures chaque jour de ce prêteur sur gages un peu obtus. Ce fut une façon curieuse d'y arriver, mais, en réalité, il serait difficile d'en suggérer une meilleure. Cette méthode fut sans doute inspirée à l'esprit ingénieux de Clay par la couleur des cheveux de son complice. Les quatre livres par semaine étaient un appât qui devait attirer le prêteur, et qu'étaient ces quatre livres pour eux qui comptaient en gagner des milliers ? Ils font donc paraître l'annonce, l'une des canailles occupe le bureau temporaire, l'autre incite notre homme à solliciter le poste et tous deux s'arrangent pour être sûrs de son absence tous les matins de la semaine. À partir du moment où j'ai appris que l'employé travaillait pour un demi-salaire, il m'a semblé évident qu'il devait avoir quelque puissant motif de conserver cette situation.

– Mais comment avez-vous pu deviner quel était ce motif ?

– S'il y avait eu des femmes dans la maison, j'aurais pu soupçonner une vulgaire intrigue sentimentale. Mais cela était hors de question. L'affaire commerciale du rouquin était de fort minime envergure et il n'y avait rien chez lui qui pût expliquer des préparatifs aussi compliqués ou de tels frais. Ce devait donc être une chose qui se trouvait en dehors de la maison. Mais quoi ? J'ai pensé à la passion de l'employé pour la photographie et à son habitude de disparaître dans la cave. La cave ! C'était là le point crucial de cette histoire embrouillée. J'ai donc pris des renseignements sur ce mystérieux employé et j'ai constaté que j'avais affaire à l'une des plus lucides et des plus audacieuses canailles de Londres. Il faisait quelque chose dans la cave, quelque chose qui, chaque jour et pendant des mois de suite, lui prenait de nombreuses heures. Encore une fois, qu'est-ce que ce pouvait être ? Je ne pouvais pas concevoir autre chose qu'un tunnel qu'il creusait pour pénétrer dans un autre bâtiment.

« J'en étais là quand nous sommes allés visiter la scène de l'action. Je vous ai étonné quand avec ma canne j'ai frappé sur le pavé. C'était pour m'assurer si la cave s'étendait devant ou derrière. Ce n'était pas devant. J'ai donc sonné et, comme je l'espérais, l'employé a répondu. Nous avions eu quelques escarmouches, lui et moi, mais nous ne nous étions jamais vus auparavant. J'ai à peine regardé son visage. Ses genoux, voilà ce que je voulais voir. Vous avez dû, vous-même, remarquer qu'ils étaient frottés, fripés et salis. Ils disaient les heures passées à creuser. Le seul point à éclaircir c'était pourquoi on creusait.

J'ai contourné le coin de la rue, j'ai vu que la Banque de la Cité et de la Banlieue s'adossait à la maison de notre ami et j'ai compris que j'avais résolu mon problème. Quand, après le concert, vous êtes rentré en voiture, je suis allé rendre visite à Scotland Yard, puis au président du conseil d'administration de la banque ; le résultat, vous le connaissez.

– Et comment pouviez-vous prévoir qu'ils tenteraient ce coup de main cette nuit ?

– Eh bien ! la fermeture du bureau de leur association révélait qu'ils ne se préoccupaient plus de la présence de M. Jabez Wilson, autrement dit : qu'ils avaient achevé leur tunnel. Mais il était essentiel pour eux de s'en servir bientôt, car on pouvait s'en apercevoir ou encore on pouvait porter ailleurs le trésor. Le samedi était le jour le plus adéquat puisqu'il leur donnait deux jours pour prendre le large. Pour toutes ces raisons, je les attendais donc cette nuit.

– Vous avez d'un bout à l'autre raisonné de façon splendide, m'écriai-je dans un élan d'admiration sincère. La chaîne est extrêmement longue et pourtant pas un maillon n'en sonne faux.

– Cela m'a sauvé de l'ennui, répondit-il en bâillant. Hélas ! Je sens déjà que cet ennui revient sur moi. Ma vie se passe en un long effort pour échapper aux vulgarités de l'existence ; ces petits problèmes m'y aident.

– Et vous êtes un bienfaiteur de l'humanité, dis-je.

Il haussa les épaules :

– Bah ! Peut-être, après tout, cela sert-il à quelque chose, remarqua-t-il. L'homme n'est rien, l'œuvre, c'est tout, comme écrivait Gustave Flaubert à George Sand.

L'ESCARBOUCLE BLEUE

C'était le surlendemain de Noël. Je m'étais rendu chez mon ami Sherlock Holmes, afin de lui présenter les vœux d'usage en cette période de l'année. Je le trouvai en robe de chambre pourpre, allongé sur son divan, son râtelier à pipes à portée de la main. Sur le parquet, un tas de journaux, dépliés et froissés, indiquait qu'il avait dépouillé avec soin la presse du matin. On avait approché du divan une chaise, au dossier de laquelle était accroché un chapeau melon, graisseux et minable, bosselé par endroits et qui n'était plus neuf depuis bien longtemps. Une loupe et une pince, posées sur le siège, donnaient à penser que le triste objet n'avait été placé là qu'aux fins d'examen.

– Vous êtes occupé, dis-je. Je vous dérange ?

– Nullement, Watson ! Je suis au contraire ravi d'avoir un ami avec qui discuter mes conclusions. L'affaire n'a pas la moindre importance, mais ce vieux couvre-chef soulève quelques menus problèmes qui ne sont point dépourvus d'intérêt et qui pourraient être assez instructifs.

Je m'assis dans le fauteuil de Holmes et me réchauffai les mains devant le feu qui pétillait dans la cheminée. Il gelait sévèrement et les vitres étaient couvertes d'épaisses fleurs de givre.

– J'imagine, déclarai-je, que, malgré son innocente apparence, ce chapeau joue un rôle dans quelque tragique histoire, qu'il est l'indice qui vous permettra d'élucider quelque mystérieuse affaire et de provoquer le châtiment d'un odieux criminel.

– Il n'est nullement question de ça ! répondit Holmes en riant. Il ne s'agit pas d'un crime, mais d'un de ces petits incidents amusants qui arrivent nécessairement quand quatre millions d'individus se coudoient dans un espace de quelques miles carrés. Étant donné la multiplicité et la diversité des activités d'une telle foule, on peut s'attendre à rencontrer toutes les combinaisons d'événements possibles et bien des petits problèmes, intéressants parce que bizarres, mais qui ne relèvent pas pour autant de la criminologie. Nous en avons déjà fait l'expérience.

– C'est si vrai, fis-je observer, que, des six affaires qui font l'objet de mes dernières notes, trois au moins ne comportaient aucun crime, au sens légal du mot.

– Très juste ! Vous faites allusion à la récupération des papiers d'Irene Adler, à la curieuse affaire de Miss Mary Sutherland et à l'aventure de l'homme à la lèvre tordue. Je suis convaincu que la petite énigme qui m'intéresse en ce moment ressortit à la même catégorie. Vous connaissez Peterson, le commissionnaire ?

– Oui.

– C'est à lui qu'appartient ce trophée.

– C'est son chapeau ?

– Non, non ! Il l'a trouvé. Son propriétaire est inconnu. Je vous demanderai d'examiner ce chapeau, en le considérant, non pas comme un galurin qui n'en peut plus, mais comme un problème intellectuel. Auparavant, toutefois, je veux vous dire comment il est venu ici. Il est arrivé chez moi le matin de Noël, en compagnie d'une belle oie bien grasse, qui, je n'en doute pas, est à l'heure qu'il est en train de rôtir sur le feu de Peterson. Les faits, les voici. Le matin de Noël, vers quatre heures, Peterson – qui, comme vous le savez, est un garçon parfaitement honnête – rentrait chez lui après une petite bombe quand, dans Tottenham Court Road, à la lumière des réverbères, il aperçut, marchant devant lui et zigzaguant un peu, un homme assez grand qui portait une oie sur l'épaule. Au coin de Goodge Street, une querelle éclata entre cet inconnu et une poignée de voyous, dont l'un lui fit sauter son chapeau. L'homme leva sa canne pour se défendre et, lui faisant décrire un moulinet au-dessus de sa tête, fracassa la glace du magasin qui se trouvait derrière lui. Peterson se mit à courir pour porter secours au bonhomme, mais celui-ci, stupéfait d'avoir fait voler une vitrine en éclats et peut-être inquiet de voir arriver sur lui un type en uniforme, laissait tomber son oie, tournait les talons et s'évanouissait dans le labyrinthe des petites rues voisines. Les voyous ayant, eux aussi, pris la fuite à son apparition, Peterson restait maître du champ de bataille. Il ramassa le butin, lequel se composait de ce chapeau qui défie les qualificatifs et d'une oie à qui il n'y avait absolument rien à reprocher.

– Naturellement, il les a restitués, l'un et l'autre, à leur légitime propriétaire ?

– C'est là, mon cher ami, que gît le problème ! Il y avait bien, attachée à la patte gauche de l'oie, une étiquette en carton portant l'inscription : « Pour Mme Henry Baker », on trouve aussi sur la coiffe du chapeau les initiales « H.B. », mais, comme il y a dans notre bonne ville quelques milliers de Baker et quelques centaines de Henry Baker, il est difficile de trouver le bon pour lui rendre son bien.

– Finalement, quel parti Peterson a-t-il pris ?

– Sachant que la moindre petite énigme m'intéresse, il m'a, le jour de Noël, apporté ses trouvailles. Nous avons gardé l'oie jusqu'à ce matin. Aujourd'hui, malgré le gel, certains signes indiquaient qu'elle « demandait » à être mangée sans délai. Peterson l'a donc emportée vers ce qui est l'inéluctable destin des oies de Noël. Quant au chapeau, je l'ai gardé.

– Son propriétaire n'a pas mis deux lignes dans le journal pour le réclamer ?

– Non.

– De sorte que vous n'avez rien qui puisse vous renseigner sur son identité ?

– Rien. Mais nous avons le droit de faire quelques petites déductions...

– En partant de quoi ? Du chapeau ?

– Exactement.

– Vous plaisantez ! Qu'est-ce que ce vieux melon pourrait vous apprendre ?

– Voici ma loupe, Watson ! Vous connaissez ma méthode. Regardez et dites-moi ce que ce chapeau vous révèle sur la personnalité de son propriétaire.

Je pris l'objet sans enthousiasme et l'examinai longuement. C'était un melon noir très ordinaire, qui avait été porté – et pendant très longtemps – par un homme dont la tête ronde n'offrait aucune particularité de conformation. La garniture intérieure, en soie, rouge à l'origine, avait à peu près perdu toute couleur. On ne relevait sur la coiffe aucun nom de fabricant. Il n'y avait que ces initiales « H.B. » dont Holmes m'avait parlé. Le cordonnet manquait, qui aurait dû être fixé à un petit œillet percé dans le feutre du bord. Pour le reste, c'était un chapeau fatigué, tout bosselé, effroyablement poussiéreux, avec çà et là des taches et des parties décolorées qu'on paraissait avoir essayé de dissimuler en les barbouillant d'encre.

– Je ne vois rien, dis-je, restituant l'objet à mon ami.

– Permettez, Watson ! Vous voyez tout ! Seulement, vous n'osez pas raisonner sur ce que vous voyez. Vous demeurez d'une timidité excessive dans vos conclusions.

– Alors, puis-je vous demander ce que sont vos propres déductions ?

Holmes prit le chapeau en main et le considéra de ce regard perçant qui était chez lui très caractéristique.

– Il est peut-être, dit-il, moins riche en enseignements qu'il aurait pu l'être, mais on peut cependant de son examen tirer certaines conclusions qui sont incontestables et d'autres qui représentent à tout le moins de fortes probabilités. Que le propriétaire de ce chapeau soit un intellectuel, c'est évident, bien entendu, comme aussi qu'il ait été, il y a trois ans, dans une assez belle situation de fortune, encore qu'il ait depuis connu des jours difficiles. Il était prévoyant, mais il l'est aujourd'hui bien moins qu'autrefois, ce qui semble indiquer un affaissement de sa moralité, observation, qui, rapprochée de celle que nous avons faite sur le déclin de sa fortune, nous donne à penser qu'il subit quelque influence pernicieuse, celle de la boisson vraisemblablement. Ce vice expliquerait également le fait, patent celui-là, que sa femme a cessé de l'aimer.

– Mon cher Holmes !

Ignorant ma protestation, Holmes poursuivait :

– Il a pourtant conservé un certain respect de soi-même. C'est un homme qui mène une vie sédentaire, sort peu et se trouve en assez mauvaise condition physique. J'ajoute qu'il est entre deux âges, que ses cheveux grisonnent, qu'il est allé chez le coiffeur ces jours-ci et qu'il se sert d'une brillantine au citron. Tels sont les faits les plus incontestables que ce chapeau nous révèle. J'oubliais ! Il est peu probable que notre homme ait le gaz chez lui.

– J'imagine, Holmes, que vous plaisantez !

– Pas le moins du monde ! Vous n'allez pas me dire que, connaissant maintenant mes conclusions, vous ne voyez pas comment je les ai obtenues ?

– Je suis idiot, je n'en doute pas, mais je dois vous avouer, Holmes, que je suis incapable de vous suivre ! Par exemple, de quoi déduisez-vous que cet homme est un intellectuel ?

Pour toute réponse, Holmes mit le chapeau sur sa tête : la coiffure lui couvrit le front tout entier et vint s'arrêter sur l'arête de son nez.

– Simple question de volume, dit-il. Un homme qui a un crâne de cette dimension doit avoir quelque chose à l'intérieur.

– Et le déclin de sa fortune ?

– Ce chapeau est vieux de trois ans. C'est à ce moment-là qu'on a fait ces bords plats, relevés à l'extérieur. Il est de toute première qualité. Regardez le ruban et la garniture intérieure.

Si le personnage pouvait se payer un chapeau de prix il y a trois ans, et s'il n'en a pas acheté un autre depuis, c'est évidemment que ses affaires n'ont pas été brillantes !

– Je vous accorde que c'est, en effet, très probable. Mais la prévoyance et l'affaissement de moralité ?

Sherlock Holmes se mit à rire.

– La prévoyance, tenez, elle est là !

Il posait le doigt sur le petit œillet métallique fixé dans le bord du chapeau.

– Cet œillet, expliqua-t-il, le chapelier ne le pose que sur la demande du client. Si notre homme en a voulu un, c'est qu'il est dans une certaine mesure prévoyant, puisqu'il a songé aux jours de grand vent et pris ses précautions en conséquence. Mais nous constatons qu'il a cassé le cordonnet et ne s'est pas donné la peine de le faire remplacer. D'où nous concluons qu'il est maintenant moins prévoyant qu'autrefois, signe certain d'un caractère plus faible aujourd'hui qu'hier. Par contre, il a essayé de dissimuler des taches en les recouvrant d'encre, ce qui nous prouve qu'il a conservé un certain amour-propre.

– Votre raisonnement est certes plausible.

– Quant au reste, l'âge, les cheveux grisonnants, récemment coupés, l'emploi de la brillantine au citron, tout cela ressort d'un examen attentif de l'intérieur du chapeau, dans sa partie inférieure. La loupe révèle une quantité de bouts de cheveux minuscules, manifestement coupés par les ciseaux du coiffeur. Ils sont gras et l'odeur de la brillantine au citron est très perceptible. Cette poussière, vous le remarquerez, n'est pas la poussière grise et dure qu'on ramasse dans la rue, mais la poussière brune et floconneuse qui flotte dans les appartements. D'où nous pouvons conclure que ce chapeau restait la plupart du temps accroché à une patère. Les marques d'humidité qu'on distingue sur la coiffe prouvent que celui qui le portait transpirait abondamment, ce qui donne à croire qu'il n'était pas en excellente condition physique.

– Mais vous avez aussi parlé de sa femme, allant jusqu'à dire qu'elle ne l'aimait plus !

– Ce chapeau n'a pas été brossé depuis des semaines. Quand votre femme, mon cher Watson, vous laissera sortir avec une coiffure sur laquelle je verrai s'accumuler la poussière de huit jours, je craindrai fort que vous n'ayez, vous aussi, perdu l'affection de votre épouse.

– Mais cet homme était peut-être célibataire ?

– Vous oubliez, Watson, qu'il rapportait une oie à la maison pour l'offrir à sa femme ! Rappelez-vous l'étiquette accrochée à la patte du volatile !

– Vous avez réponse à tout. Pourtant, comment diable pouvez-vous avancer que le gaz n'est pas installé chez lui ?

– Une tache de bougie peut être accidentelle. Deux, passe encore ! Mais, quand je n'en compte pas moins de cinq, je pense qu'il y a de fortes chances pour que le propriétaire du chapeau sur lequel je les relève se serve fréquemment d'une bougie... et je l'imagine, montant l'escalier, son bougeoir d'une main et son chapeau de l'autre. Autant que je sache, le gaz ne fait pas de taches de bougie ! Vous êtes content, maintenant ?

– Mon Dieu, répondis-je en riant, tout cela est fort ingénieux, mais, étant donné qu'il n'y a pas eu crime, ainsi que vous le faisiez vous-même remarquer tout à l'heure, et qu'il ne s'agit, en somme, que d'une oie perdue, j'ai bien peur que vous ne vous soyez donné beaucoup de peine pour rien !

Sherlock Holmes ouvrait la bouche pour répondre quand la porte s'ouvrit brusquement, livrant passage à Peterson, qui se rua dans la pièce, les joues écarlates et l'air complètement ahuri.

– L'oie, monsieur Holmes ! L'oie !

– Eh bien, quoi, l'oie ? Elle est revenue à la vie et s'est envolée par la fenêtre de la cuisine ?

Holmes avait tourné la tête à demi pour mieux voir le visage congestionné du commissionnaire.

– Regardez, monsieur, ce que ma femme lui a trouvé dans le ventre !

La main ouverte, il nous montrait une pierre bleue, guère plus grosse qu'une fève, mais d'un éclat si pur et si intense qu'on la voyait scintiller au creux sombre de sa paume. Sherlock Holmes émit un petit sifflement.

– Fichtre, Peterson ! C'est ce qui s'appelle découvrir un trésor ! Je suppose que vous savez ce que vous avez là ?

– Un diamant, dame ! Une pierre précieuse ! Ça vous coupe le verre comme si c'était du mastic !

– C'est plus qu'une pierre précieuse, Peterson ! C'est *la* pierre précieuse !

– Tout de même pas l'escarboucle bleue de la comtesse de Morcar ? demandai-je.

– Précisément, si ! Je finis par savoir à quoi elle ressemble, ayant lu chaque jour, ces temps derniers, la description qu'en donne l'avis publié dans le *Times*. C'est une pierre unique, d'une valeur difficile à estimer, mais vingt fois supérieure, très certainement, aux mille livres de récompense promises.

– Mille livres ! Grands dieux !

Peterson se laissa tomber sur une chaise. Il nous dévisageait avec des yeux écarquillés.

– C'est effectivement le montant de la récompense, reprit Holmes. J'ai tout lieu de croire, d'ailleurs, que, pour des raisons de sentiment, la comtesse abandonnerait volontiers la moitié de sa fortune pour retrouver sa pierre.

– Si je me souviens bien, dis-je, c'est au *Cosmopolitan Hotel* qu'elle l'a perdue ?

– C'est exact. Précisons : le 22 décembre. Il y a donc cinq jours. John Horner, un plombier, a été accusé de l'avoir volée dans la boîte à bijoux de la comtesse. Les présomptions contre lui ont paru si fortes que l'affaire a été renvoyée devant la cour d'assises. Il me semble bien que j'ai ça là-dedans...

Holmes, fourrageant dans ses journaux, jetait un coup d'œil sur la date de ceux qui lui tombaient sous la main. Il finit par en retenir un, qu'il déplia, cherchant un article, dont il nous donna lecture à haute voix :

Le Vol du Cosmopolitan Hotel

« John Horner, 26 ans, plombier, a comparu aujourd'hui. Il était accusé d'avoir, le 22 décembre dernier, volé, dans le coffret à bijoux de la comtesse de Morcar, la pierre célèbre connue sous le nom d'« Escarboucle bleue ». Dans sa déposition, James Ryder, chef du personnel de l'hôtel, déclara qu'il avait lui-même, le jour du vol, conduit Horner à l'appartement de la comtesse, où il devait exécuter une petite réparation à la grille de la cheminée. Ryder demeura un certain temps avec Horner, mais fut par la suite obligé de s'éloigner, du fait de ses occupations professionnelles. À son retour, il constata que Horner avait disparu, qu'un secrétaire avait été forcé et qu'un petit coffret – dans lequel, on devait l'apprendre ultérieurement, la comtesse rangeait ses bijoux – avait été vidé de son contenu. Ryder donna l'alarme immédiatement et Horner fut arrêté dans la soirée. La pierre n'était pas en sa possession et une perquisition prouva qu'elle ne se trouvait pas non plus à son domicile.

« Catherine Cusack, femme de chambre de la comtesse, fut entendue ensuite. Elle déclara être accourue à l'appel de Ryder et avoir trouvé les choses telles que les avait décrites le précédent témoin. L'inspecteur Bradstreet, de la Division B, déposa le der-

nier, disant que Horner avait essayé de s'opposer par la violence à son arrestation et protesté de son innocence avec énergie.

« Le prisonnier ayant déjà subi une condamnation pour vol, le juge a estimé que l'affaire ne pouvait être jugée sommairement et ordonné son renvoi devant la cour d'assises. Horner, qui avait manifesté une vive agitation durant les débats, s'est évanoui lors de la lecture du verdict et a dû être emporté, encore inanimé, hors de la salle d'audience. »

– Parfait, dit Holmes, posant le journal. Pour le juge de première instance, l'affaire est terminée. Pour nous, le problème consiste à établir quels sont les événements qui se placent entre l'instant où la pierre est sortie du coffret et celui où elle est entrée à l'intérieur de l'oie. Vous voyez, mon cher Watson, que nos petites déductions prennent brusquement une certaine importance. Voici l'escarboucle bleue. Elle provient du ventre d'une oie, laquelle appartenait à un certain M. Henry Baker, le propriétaire de ce vieux chapeau avec lequel je vous ai importuné. Il faut que nous nous mettions sérieusement à chercher ce monsieur, afin de découvrir le rôle exact qu'il a joué dans toute cette histoire. Nous aurons recours, pour commencer, au procédé le plus simple, qui est de publier un avis de quelques lignes dans les journaux du soir. Si nous ne réussissons pas comme ça, nous aviserons.

– Cet avis, comment allez-vous le rédiger ?

– Donnez-moi un crayon et un morceau de papier ! Merci... Voyons un peu ! « Trouvés, au coin de Goodge Street, une oie et un chapeau melon noir. M. Henry Baker les récupérera en se présentant ce soir, à six heures et demie, au 221 B, Baker Street. » C'est simple et c'est clair.

– Très clair. Mais, ces lignes, les verra-t-il ?

– Aucun doute là-dessus. Il doit surveiller les journaux, étant donné qu'il est pauvre et que cette perte doit l'ennuyer. Après avoir eu la malchance de casser la glace d'une devanture, il a pris peur quand il a vu arriver Peterson et n'a songé qu'à fuir. Mais, depuis, il a dû regretter amèrement d'avoir suivi son premier mouvement, qui lui coûte son oie. C'est à dessein que je mets son nom dans l'avis : s'il ne le voyait pas, les gens qui le connaissent le lui signaleront. Tenez, Peterson, portez ça à une agence de publicité et faites-le publier dans les feuilles du soir.

– Lesquelles, monsieur ?

– Eh bien toutes ! Le *Globe*, le *Star*, le *Pall Mall*, le *Saint James' Gazette*, l'*Evening News*, l'*Evening Standard*, l'*Echo*, et les autres, toutes celles auxquelles vous penserez.

– Bien, monsieur. Pour la pierre ?

– La pierre ? Je vais la garder. Merci… À propos, Peterson, en revenant, achetez-moi donc une oie ! Il faut que nous en ayons une à remettre à ce monsieur pour remplacer celle que votre famille se prépare à dévorer…

Le commissionnaire parti, Holmes prit la pierre entre deux doigts et l'examina à la lumière.

– Joli caillou, dit-il. Regardez-moi ces feux ! On comprend qu'il ait provoqué des crimes. Il en va de même de toutes les belles pierres : elles sont l'appât favori du diable. On peut dire que toutes les facettes d'un diamant ancien, pourvu qu'il soit de grande valeur, correspondent à quelque drame. Cette pierre n'a pas vingt ans. Elle a été trouvée sur les rives de l'Amoy, un fleuve du sud de la Chine, et ce qui la rend remarquable, c'est qu'elle a toutes les caractéristiques de l'escarboucle, à ceci près que sa teinte est bleue, au lieu d'être d'un rouge de rubis. Malgré sa jeunesse, elle a une histoire sinistre : deux assassinats, un suicide, un attentat au vitriol et plusieurs vols, voilà ce que représentent déjà ces quarante grains de charbon cristallisé. À voir un objet si éblouissant, croirait-on qu'il n'a jamais été créé que pour expédier les gens en prison ou à l'échafaud ? Je vais toujours le mettre dans mon coffre et envoyer un mot à la comtesse pour lui dire qu'il est en ma possession.

– Croyez-vous à l'innocence de Horner ?

– Pas la moindre idée !

– Et pensez-vous que l'autre, ce Baker, soit pour quelque chose dans le vol ?

– Il est infiniment probable, je pense, que cet Henry Baker ne sait rien et qu'il ne se doutait guère que l'oie qu'il avait sous le bras valait beaucoup plus que si elle avait été en or massif. Nous serons fixés là-dessus, par une petite épreuve très simple, si notre annonce donne un résultat.

– Jusque-là vous ne pouvez rien faire ?

– Rien.

– Dans ces conditions, je vais reprendre ma tournée et rendre visite à mes malades. Je m'arrangerai pour être ici à six heures et demie, car je suis curieux de connaître la solution de ce problème, qui me semble terriblement embrouillé.

– Je serais ravi de vous voir. Le dîner est à sept heures et Mme Hudson cuisine, je crois, un coq de bruyère. Compte tenu des récents événements, je ferais peut-être bien de la prier de s'assurer de ce qu'il a dans le ventre !

Une de mes visites s'étant prolongée plus que je ne pensais, il était un peu plus de six heures et demie quand je me retrouvai dans Baker Street. Comme j'approchais de la maison, je vis, éclairé par la lumière qui tombait de la fenêtre en éventail placée au-dessus de la porte, un homme de haute taille, qui portait une toque écossaise et qui attendait, son pardessus boutonné jusqu'au menton. La porte s'ouvrit comme j'arrivais et nous entrâmes ensemble dans le bureau de mon ami.

– Monsieur Henry Baker, je présume ? dit Sherlock Holmes, quittant son fauteuil et saluant son visiteur avec cet air aimable qu'il lui était si facile de prendre. Asseyez-vous près du feu, monsieur Baker, je vous en prie ! La soirée est froide et je remarque que votre circulation sanguine s'accommode mieux de l'été que de l'hiver. Bonsoir, Watson ! Vous arrivez juste. Ce chapeau vous appartient, monsieur Baker ?

– Sans aucun doute, monsieur !

L'homme était solidement bâti, avec des épaules rondes et un cou puissant. Il avait le visage large et intelligent. Sa barbe, taillée en pointe, grisonnait. Une touche de rouge sur le nez et les pommettes ainsi qu'un léger tremblement des mains semblaient justifier les hypothèses de Holmes quant à ses habitudes. Il avait gardé relevé le col de son pardessus élimé et ses maigres poignets sortaient des manches. Il ne portait pas de manchettes et rien ne prouvait qu'il eût une chemise. Il parlait d'une voix basse et saccadée, choisissait ses mots avec soin et donnait l'impression d'un homme instruit, et même cultivé, que le sort avait passablement maltraité.

– Ce chapeau et cette oie, dit Holmes, nous les avons conservés pendant quelques jours, parce que nous pensions qu'une petite annonce finirait par nous donner votre adresse. Je me demande pourquoi vous n'avez pas fait paraître quelques lignes dans les journaux.

Le visiteur rit d'un air embarrassé.

– Je vois maintenant bien moins de shillings que je n'en ai vu autrefois, expliqua-t-il. Comme j'étais convaincu que les voyous qui m'avaient attaqué avaient emporté et le chapeau et l'oie, je me suis dit qu'il était inutile de gâcher de l'argent dans l'espoir de les récupérer.

– C'est bien naturel ! À propos de l'oie, je dois vous dire que nous nous sommes vus dans l'obligation de la manger.

– De la manger !

L'homme avait sursauté, presque à quitter son fauteuil.

– Oui, reprit Holmes. Si nous ne l'avions fait, elle n'aurait été d'aucune utilité à personne. Mais je veux croire que l'oie que vous voyez sur cette table remplacera la vôtre avantageusement : elle est à peu près du même poids… et elle est fraîche !

Baker poussa un soupir de satisfaction.
– Évidemment !
– Bien entendu, poursuivit Holmes, nous avons toujours les plumes, les pattes et le gésier, et si vous les voulez…
L'homme éclata d'un rire sincère.
– Je pourrais les conserver en souvenir de cette aventure, s'écria-t-il, mais, pour le surplus, ces *disjecta membra* ne me serviraient de rien. Avec votre permission, je préfère m'en tenir au substitut que vous voulez bien me proposer, lequel me semble fort sympathique.
Sherlock Holmes me jeta un regard lourd de sens et eut un imperceptible haussement des épaules.
– Dans ce cas, monsieur, dit-il, voici votre chapeau et voici votre oie ! À propos de l'autre, celle que nous avons mangée, serait-il indiscret de vous demander où vous vous l'étiez procurée ? Je suis assez amateur de volaille et j'avoue avoir rarement rencontré une oie aussi grassement à point.
– Il n'y a aucune indiscrétion, répondit Baker, qui s'était levé et qui, son oie sous le bras, s'apprêtait à se retirer. Nous sommes quelques camarades qui fréquentons l'*Alpha Inn*, un petit café qui est tout près du British Museum, où nous travaillons. Cette année, le patron, un certain Windigate, un brave homme, avait créé ce qu'il appelait un « club de Noël » : chacun de nous payait quelques *pence* par semaine, et à Noël, se voyait offrir une oie par Windigate. J'ai versé ma cotisation avec régularité, le cafetier a tenu parole… et vous connaissez la suite. Je vous suis, monsieur, très reconnaissant de ce que vous avez fait, d'autant plus qu'une toque écossaise ne convient ni à mon âge, ni à mon allure.
Ayant dit, notre visiteur s'inclina cérémonieusement devant nous et se retira avec une dignité fort comique.
– Terminé, en ce qui concerne M. Henry Baker ! dit Holmes, une fois la porte refermée. Il est incontestable que le bonhomme n'est au courant de rien. Vous avez faim, Watson ?
– Pas tellement !
– Alors, nous transformerons notre dîner en souper et nous suivrons la piste tandis qu'elle est chaude.
– Tout à fait d'accord !
Nous passâmes nos pardessus et, la gorge protégée par des foulards, nous nous mîmes en route. La nuit était froide. Les étoiles brillaient dans un ciel sans nuages et une buée sortait de la bouche des passants. Nos pas sonnant haut sur le trottoir, nous traversâmes le quartier des médecins, suivant Wimpole Street, Harley Street, puis Wigmore Street, pour gagner Oxford

Street. Un quart d'heure plus tard, nous étions dans Bloomsbury et pénétrions dans l'*Alpha Inn*, un petit café faisant le coin d'une des rues qui descendent vers Holborn. Holmes s'approcha du bar et, avisant un homme à figure rougeaude et à tablier blanc, qui ne pouvait être que le patron, lui commanda deux verres de bière.

– Votre bière doit être excellente, ajouta-t-il, si elle est aussi bonne que vos oies !

– Mes oies ?

Le cafetier paraissait fort surpris.

– Oui. Nous parlions d'elles, il n'y a pas une demi-heure, avec M. Henry Baker, qui était membre de votre « club de Noël ».

– Ah ! je comprends. Seulement, voilà, monsieur, ce ne sont pas du tout mes oies !

– Vraiment ? Alors, d'où viennent-elles ?

– J'en avais acheté deux douzaines à un marchand de Covent Garden.

– Ah, oui ! J'en connais quelques-uns. Qui était-ce ?

– Un certain Breckinridge.

– Je ne le connais pas. À votre santé, patron, et à la prospérité de la maison !

Peu après, nous nous retrouvions dans la rue.

– Et maintenant, reprit Holmes, boutonnant son pardessus, allons voir M. Breckinridge ! N'oubliez pas, Watson, que si, à l'une des extrémités de la chaîne, nous avons cette oie qui n'évoque que des festins familiaux, à l'autre bout nous avons un homme qui récoltera certainement sept ans de travaux forcés, si nous ne démontrons pas qu'il est innocent. Il se peut que notre enquête confirme sa culpabilité, mais, dans un cas comme dans l'autre, nous tenons, par l'effet du hasard, une piste qui a échappé à la police. Il faut la suivre. Donc, direction plein sud !

Nous traversâmes Holborn pour nous engager, après avoir descendu Endell Street, dans le dédale des allées du marché de Covent Garden. Nous découvrîmes le nom de Breckinridge au fronton d'une vaste boutique. Le patron, un homme au profil chevalin, avec des favoris fort coquettement troussés, aidait un de ses commis à mettre les volets. Holmes s'approcha.

– Bonsoir ! dit-il. Il ne fait pas chaud.

Le commerçant répondit d'un signe de tête et posa sur mon ami un regard interrogateur. Holmes montra de la main les tables de marbre vides de marchandises.

– Vous n'avez plus d'oies, à ce que je vois !

– Il y en aura cinq cents demain matin.

– Ça ne m'arrange pas !

– Il m'en reste une, là-bas. Vous ne la voyez pas ?

– J'oubliais de vous dire que je viens vers vous avec une recommandation.

– Ah ! De qui ?

– Du patron de l'*Alpha*.

– Ah, oui ?... Je lui en ai vendu deux douzaines.

– Et des belles ! D'où venaient-elles ?

À ma grande surprise, la question provoqua chez le marchand une véritable explosion de colère. Il se campa devant Holmes, les poings sur les hanches et la tête levée dans une attitude de défi.

– Ah ! ça, dit-il, où voulez-vous en venir ? Dites-le franchement et tout de suite !

– C'est tout simple ! répondit Holmes. J'aimerais savoir qui vous a vendu les oies que vous avez procurées au patron de l'*Alpha*.

– Eh bien, je ne vous le dirai pas. Ça vous gêne ?

– Pas le moins du monde, car la chose n'a pas grande importance. Ce qui m'étonne, c'est que vous montiez sur vos grands chevaux pour si peu !

– Que je monte sur mes grands chevaux ! Je voudrais bien voir ce que vous feriez, si on vous embêtait comme on m'embête avec cette histoire-là ! Lorsque j'achète de la belle marchandise et que je la paie avec mon bel argent, je pourrais croire que c'est terminé ! Eh bien, pas du tout ! C'est des questions à n'en plus finir ! « Ces oies, qu'est-ce qu'elles sont devenues ? » – « À qui les avez-vous vendues ? » – « Combien en demanderiez-vous ? » – etc. ! Parole ! Quand on voit le potin fait autour de ces bestioles, on croirait qu'il n'y a pas d'autres oies au monde !

– Je n'ai rien à voir avec les gens qui ont pu vous poser ces questions, répondit Holmes sur un ton de parfaite insouciance. Puisque vous ne voulez pas nous renseigner, nous annulerons le pari et on n'en parlera plus ! Malgré ça, je sais ce que je dis et je suis toujours prêt à parier ce qu'on voudra que l'oie que j'ai mangée ne peut pas avoir été engraissée ailleurs qu'à la campagne !

– Dans ce cas-là, répliqua le marchand, vous avez perdu ! Elle était de Londres.

– Impossible !

– Je vous dis que si.

– Je ne vous crois pas.

– Est-ce que vous vous figurez, par hasard, que vous connaissez la volaille mieux que moi, qui la manipule depuis le temps où je portais des culottes courtes ? Je vous répète que toutes les oies que j'ai livrées à l'*Alpha* avaient été engraissées à Londres.

– Vous ne me ferez jamais croire ça !

– Voulez-vous parier ?

– C'est comme si je vous prenais de l'argent dans la poche, étant donné que je suis sûr d'avoir raison, mais je veux bien vous parier un souverain, histoire de vous apprendre à être moins têtu !

Le marchand ricana et interpella son commis :

– Bill, apporte-moi mes livres !

Une demi-minute plus tard, M. Breckinridge allait se placer dans la lumière de la lampe pendue au plafond de la boutique. Il tenait ses livres à la main : un petit carnet, mince et graisseux, et un grand registre au dos fatigué.

– Et maintenant, dit-il, à nous deux, Monsieur la Certitude ! Je crois bien qu'il me reste encore une oie de plus que je ne pensais. Vous voyez ce carnet ?

– Oui.

– C'est là-dessus que je note le nom de mes fournisseurs. Sur cette page, vous avez les noms de tous ceux qui habitent hors de Londres, avec, à la suite de chacun, un chiffre qui renvoie à la page du registre où se trouve leur compte. Sur cette autre page, voici, à l'encre rouge, la liste complète de mes fournisseurs de Londres. Voulez-vous lire vous-même le nom porté sur la troisième ligne ?

Holmes obéit.

– Mme Oakshott, 117 Brixton Road, 249.

– Bon ! Voulez-vous prendre le registre et l'ouvrir à la page 249 ?... Voulez-vous lire ?

– Mme Oakshott, volailles, 117 Brixton Road.

– Donnez-moi l'avant-dernière ligne du compte !

– 22 décembre. Vingt-quatre oies à sept shillings six *pence*.

– Parfait ! La suivante ?

– Vendues à M. Windigate, de l'*Alpha*, à douze shillings pièce.

– Et alors ? Qu'est-ce que vous dites de ça ?

Sherlock Holmes avait l'air consterné. Il tira un souverain de son gousset, le jeta sur une table, avec la mine de quelqu'un qui est trop écœuré pour ajouter quoi que ce soit, et se retira sans un mot. Nous fîmes quelques pas, puis, sous un réverbère, il s'arrêta, riant de ce rire silencieux que je n'ai jamais connu qu'à lui.

– Quand vous rencontrez un type qui porte de tels favoris et qui a un journal de courses dans la poche, me dit-il, il y a toujours moyen de faire un pari avec lui ! J'aurais offert cent livres à ce bonhomme, il ne m'aurait pas donné des renseignements aussi complets que ceux qu'il m'a fournis spontanément, uniquement parce qu'il croyait me prendre de l'argent à la faveur d'un pari. J'ai l'impression, Watson, que notre enquête touche à sa fin. Toute la question est de savoir si nous rendons visite à Mme Oakshott ce soir ou si nous attendons demain matin. D'après ce que nous a dit ce bourru personnage, il est évident que nous ne sommes pas les seuls à nous intéresser à cette affaire et je devrais...

Il s'interrompit, des éclats de voix frappant nos oreilles qui paraissaient provenir de la boutique même que nous venions de quitter. Nous nous retournâmes. Un petit homme, dont le visage faisait songer à un rat, affrontait Breckinridge qui, debout dans l'encadrement de sa porte, secouait son poing sous le nez de son visiteur, tout en l'envoyant au diable.

– J'en ai assez de vous et de vos oies ! hurlait-il. Si vous continuez à m'embêter avec vos boniments, je lâcherai mon chien à vos trousses ! Amenez-moi Mme Oakshott et je lui répondrai ! Mais, vous, en quoi tout cela vous regarde-t-il ? Est-ce que je vous ai acheté des oies ?

– Non ! Seulement, il y en avait tout de même une qui était à moi !

– Réclamez-la à Mme Oakshott !

– C'est elle qui m'a dit de venir vous trouver !

– Allez trouver le roi de Prusse, si ça vous amuse, mais, ici, vous vous trompez de porte ! J'en ai par-dessus la tête, de cette histoire-là ! Fichez-moi le camp !

Il avança d'un pas, menaçant. Le petit homme disparut dans l'obscurité.

– Voilà qui nous épargne sans doute une visite à Brixton Road ! dit Holmes, revenant sur ses pas. Il y a peut-être quelque chose à tirer de ce petit bonhomme !

Nous le rattrapâmes sans trop de difficulté. Il fit un véritable bond quand Holmes lui frappa sur l'épaule. Tournant vers mon ami un visage d'où toute couleur avait brusquement disparu, il demanda, d'une voix blanche, qui il était et ce qu'il voulait. Holmes s'expliqua avec douceur.

– Je m'en excuse, dit-il, mais je n'ai pu faire autrement que d'entendre, sans le vouloir, la petite discussion que vous venez d'avoir avec le marchand d'oies et je crois que je pourrais vous être utile.

– Vous ? Mais qui êtes-vous ? Et qu'est-ce que vous savez de cette histoire-là ?

– Je m'appelle Sherlock Holmes et c'est mon métier de savoir ce que les autres ne savent pas.

– Mais, cette affaire-là, vous en ignorez tout !

– Permettez ! Je la connais à fond, au contraire. Vous essayez de savoir ce que sont devenues des oies qui furent vendues par Mme Oakshott, de Brixton Road, à un commerçant du nom de Breckinridge, lequel les a revendues à M. Windigate, de l'*Alpha Inn*, qui les a lui-même réparties entre ses clients, parmi lesquels se trouve un certain M. Henry Baker.

– Monsieur, s'écria le petit homme, vous êtes évidemment la personne que je souhaitais le plus rencontrer !

Il tremblait. Il ajouta :

– Il m'est impossible de vous dire quelle importance cette affaire représente pour moi !

Sherlock Holmes héla un fiacre qui passait.

– Dans ce cas, dit-il, nous poursuivrons mieux cet entretien dans une pièce bien close que dans les courants d'air de ce marché. Cependant, avant d'aller plus loin, puis-je vous demander à qui j'ai le plaisir d'être agréable ?

L'homme hésita un instant. Guettant Holmes, du coin de l'œil, il répondit :

– Je m'appelle John Robinson.

– Non, dit Holmes de son ton le plus aimable. C'est votre nom véritable que je vous demande. Il est toujours gênant de traiter avec quelqu'un qui se présente à vous sous un pseudonyme.

L'autre rougit.

– Alors, je m'appelle James Ryder.

– C'est ce que je pensais. Vous êtes le chef du personnel au *Cosmopolitan Hotel.* C'est bien ça ? Montez en voiture, je vous prie ! Je serai bientôt en mesure de vous dire tout ce que vous désirez savoir.

Le petit homme nous regardait, hésitant, visiblement partagé entre la crainte et l'espérance, comme quelqu'un qui ne sait pas très bien s'il est près du triomphe ou au bord de la catastrophe. Il se décida enfin à monter dans le fiacre. Une demi-heure plus tard, nous nous retrouvions à Baker Street, dans le bureau de Sherlock Holmes. Pas un mot n'avait été prononcé durant le trajet. Mais la respiration pénible de notre compagnon et l'agitation de ses mains, dont les doigts étaient en perpétuel mouvement, trahissaient sa nervosité.

– Nous voici chez nous ! dit Holmes avec bonne humeur en pénétrant dans la pièce. On a plaisir à voir du feu par un temps pareil ! Vous avez l'air gelé, monsieur Ryder ? Prenez ce fauteuil, voulez-vous ? Je vais enfiler mes pantoufles et nous nous occuperons de cette affaire qui vous intéresse. Voilà ! Maintenant, je suis à vous. Vous voulez savoir ce que sont devenues ces oies ?

– Oui, monsieur.

– Ou plutôt, j'imagine, *cette* oie ! Je ne crois pas me tromper si je dis que l'oie en question était toute blanche, avec une barre transversale noire à la queue. C'est bien ça ?

– Oui, monsieur. Vous savez où elle est ?

Ryder était si ému que sa voix s'étranglait.

– Je l'ai eue ici.

– Ici ?

– Oui. C'était une oie remarquable... et je ne m'étonne pas de l'intérêt que vous lui portez. Après sa mort, elle a pondu un œuf... le plus beau petit œuf bleu qu'on ait jamais vu. Il est ici, dans mon musée...

Notre visiteur s'était levé en chancelant. Accroché d'une main au manteau de la cheminée, il regardait Holmes qui ouvrait son coffre-fort pour en extraire l'escarboucle bleue. Mon ami, la tenant entre le pouce et l'index, la fit voir à Ryder. La pierre étincelait. Ryder, le visage contracté, n'osait ni réclamer l'objet ni dire qu'il ne l'avait jamais vu.

– La partie est jouée, Ryder ! dit Holmes d'un ton calme. Cramponnez-vous, mon garçon, sinon vous allez tomber dans le foyer ! Watson, aidez-le donc à se rasseoir ! Il n'a pas assez de cran pour commettre des crapuleries et s'en tirer sans dommage. Donnez-lui une gorgée de cognac... Il reprend figure humaine, mais c'est une chiffe tout de même !

Ryder, qui avait failli s'écrouler sur le plancher, s'était un peu ressaisi. L'alcool lui avait mis un peu de couleur aux joues. Il levait vers son accusateur un regard craintif.

– J'ai en main à peu près tous les maillons de la chaîne, reprit Holmes, et toutes les preuves dont je pourrais avoir besoin. Vous n'avez donc pas grand-chose à me raconter. Cependant, pour qu'il n'y ait pas de « trous » dans mon histoire, ce peu que vous pourriez me dire, j'aimerais l'entendre. Naturellement, cette escarboucle bleue, on vous avait parlé d'elle ?

Ryder balbutia une réponse.

– Oui... Catherine Cusack...

– Compris ! La femme de chambre de la comtesse. L'idée qu'il vous était possible d'acquérir d'un seul coup une véritable fortune a été pour vous une tentation trop forte, comme elle l'a déjà été pour bien d'autres. Seulement, vous n'avez pas été très scrupuleux sur le choix des moyens et j'ai l'impression, Ryder, qu'il y a en vous l'étoffe d'une jolie crapule ! Vous saviez que ce Horner, le plombier, avait été impliqué autrefois dans une vilaine affaire et que les soupçons s'arrêteraient volontiers sur lui. Vous n'avez pas hésité. Avec Catherine Cusack, votre complice, vous vous êtes arrangé pour qu'il y eût une petite réparation à faire dans l'appartement de la comtesse et vous avez veillé personnellement à ce qu'elle fût confiée à Horner, et non à un autre. Après son départ, vous avez forcé le coffret à bijoux, donné l'alarme et fait arrêter le pauvre type qui ne se doutait de rien. Après quoi...

Ryder, brusquement, se jeta à genoux. Les mains jointes, geignant et pleurnichant, il suppliait mon ami de l'épargner.

– Pour l'amour de Dieu, ayez pitié de moi ! J'ai un vieux père et une vieille maman ! Ils ne survivront pas à ça ! C'est la première fois que je suis malhonnête et je ne recommencerai jamais ! Je vous le jure sur la Bible ! Ne me traînez pas devant les tribunaux, je vous en conjure !

Holmes restait très calme.

– Regagnez votre fauteuil ! ordonna-t-il d'un ton sec. C'est très joli de demander aux gens d'avoir pitié, mais il semble qu'il vous a été assez égal d'envoyer ce pauvre Horner devant les juges pour un méfait dont il ignorait tout !

– Je m'en irai, monsieur Holmes, je quitterai le pays ! À ce moment-là, ce n'est plus lui qu'on accusera !

– Hum ! Nous verrons ça. En attendant, parlez-nous un peu du second acte ! Cette pierre, comment est-elle entrée dans l'oie ? Et, cette oie, comment est-elle arrivée sur le marché ? Dites-nous la vérité, c'est la seule chance de vous en sortir !

Ryder passa sa langue sur ses lèvres sèches.

– Monsieur Holmes, dit-il enfin, je vais vous raconter les choses exactement comme elles se sont passées. Quand Horner a été arrêté, je me suis dit que ce que j'avais de mieux à faire, c'était de me débarrasser de la pierre sans plus attendre, étant donné qu'il n'était pas prouvé du tout que la police n'aurait pas l'idée de me fouiller et de perquisitionner dans ma chambre. Il n'y avait pas de cachette sûre dans l'hôtel. Je suis donc sorti, comme si j'avais à faire dehors, et je me suis rendu chez ma sœur. Elle est mariée à un certain Oakshott, avec qui elle exploite, dans Brixton Road, un commerce de volaille. Durant tout le trajet, j'ai eu l'impression que chaque passant que je rencontrais était un agent de police ou un détective et, bien qu'il fît très froid, j'étais en nage quand j'arrivai chez ma sœur. Elle me trouva si pâle qu'elle me demanda si je n'étais pas souffrant. Je lui répondis que j'étais seulement bouleversé par un vol de bijoux qui avait été commis à l'hôtel et je passai dans la cour de derrière pour y fumer une pipe et réfléchir à la situation.

« Je me souvins d'un de mes vieux amis, qui s'appelait Maudsley et qui avait mal tourné. Il venait de sortir de Pentonville, après un long séjour en prison. Un jour, nous avions eu ensemble une longue conversation sur les procédés utilisés par les voleurs pour se débarrasser de leur butin. J'en savais assez long sur son compte pour être sûr qu'il ne me trahirait pas. Je venais de décider d'aller le voir à Kilburn, où il habite, et de me confier à lui, certain qu'il m'indiquerait le meilleur moyen de tirer de l'argent de la pierre que j'avais dans la poche, quand je songeai à cette peur qui me tenaillait depuis que j'étais sorti de l'hôtel. Le premier flic venu pouvait m'interpeller, me fouiller... et trouver l'escarboucle dans mon gousset ! Je pensais à tout ça, adossé au mur, tout en regardant les oies qui se dandinaient dans la cour. Et, soudain, une idée me traversa l'esprit, une idée dont j'étais sûr qu'elle me permettrait de tenir en échec tous les détectives du monde, et le plus fort d'entre eux !

« Ma sœur m'avait dit, quelques semaines plus tôt, que je pourrais choisir dans ses oies celle dont j'aimerais qu'elle me fît cadeau à Noël. Elle a toujours été de parole et il me suffisait donc de choisir mon oie tout de suite et de lui faire avaler ma pierre. Après ça, je pourrais m'en aller tranquillement à Kilburn, ma bête sous le bras. Il y avait dans la cour une petite remise, derrière laquelle je fis passer une des oies, une volaille bien grasse, toute blanche, avec la queue barrée de noir. Je l'attrapai et, l'obligeant à ouvrir le bec, je lui fis entrer la pierre dans le gésier. L'opération ne fut pas facile et cette maudite oie se débattit tellement qu'elle finit par m'échapper, s'envolant avec de grands cris, qui attirèrent ma sœur, laquelle me demanda ce qui se passait.

« – Tu m'as dit, lui répondis-je, que tu me donnerais une oie pour Noël. J'étais en train de chercher la plus grasse !

« Elle haussa les épaules.

« – Ton oie est choisie depuis longtemps ! C'est la grosse, toute blanche, que tu vois là-bas. Il y en a vingt-six en tout. Une pour toi, une pour nous, et vingt-quatre pour la vente !

« – Tu es très gentille, Maggie, répliquai-je, mais, si ça ne te fait rien, j'aimerais mieux avoir celle que je tenais il y a un instant.

« Elle protesta.

« – L'autre pèse au moins trois livres de plus et nous l'avons engraissée spécialement pour toi !

« Naturellement, je m'entêtai.

« – Ça ne fait rien ! Je préfère l'autre et, si tu n'y vois pas d'inconvénient, je vais l'emporter tout de suite.

« Ma sœur ne savait plus que répliquer.

« – Très bien ! dit-elle. Laquelle est-ce ?

« Je la lui montrai.

« – La blanche, avec un trait noir sur la queue !

« – Parfait ! Tu n'as qu'à la tuer et à l'emporter !

« C'est ce que je fis, monsieur Holmes. Mon oie sous le bras, je m'en allai à Kilburn. Je racontai mon histoire au copain en question, qui était de ceux qu'elle ne pouvait indigner, et elle le fit bien rire. Après quoi, nous prîmes un couteau et nous ouvrîmes la bestiole. La pierre n'était pas à l'intérieur ! Je crus que j'allais m'évanouir. Il était évident que je m'étais trompé... et l'erreur avait quelque chose de tragique. Je retournai chez ma sœur en courant : il n'y avait plus une oie chez elle !

« – Où sont-elles ? m'écriai-je.

« – Vendues ! me répondit-elle.

« – À qui ?

« – À Breckinridge, de Covent Garden.

« – Mais il y en avait donc deux qui avaient une barre noire sur la queue ? demandai-je.

« – Oui. Nous n'avons jamais pu les distinguer l'une de l'autre.

« À ce moment-là, je compris tout ! Mais il était trop tard. Je courus chez ce Breckinridge. Toutes ses oies étaient déjà vendues et impossible de savoir à qui ! Vous avez pu voir vous-même comment il répond aux questions qu'on lui pose ! J'ai insisté, je n'ai rien pu obtenir de lui. Ma sœur, elle, a cru que je devenais fou... et je me demande parfois si elle n'avait pas raison. Je suis un voleur et je me suis déshonoré pour rien ! Mon Dieu ! mon Dieu !

La tête dans ses mains, l'homme pleurait.

Il y eut un long silence, troublé seulement par ses sanglots et par le martèlement rythmé des doigts de Holmes, pianotant sur le bord de la table. Au bout d'un instant, mon ami se leva et alla ouvrir la porte.

– Allez-vous-en ! dit-il.

Ryder sursauta.

– Oh ! Monsieur, merci ! Dieu vous bénisse !

– On ne vous demande rien. Filez !

Ryder ne se le fit pas dire deux fois. Il se précipita vers la sortie, dégringola l'escalier quatre à quatre et j'entendis la porte de la rue claquer derrière lui. Holmes se rassit dans son fauteuil et, tout en bourrant une pipe en terre, tira en quelques mots la conclusion de l'aventure.

– Après tout, Watson, me dit-il, je ne suis pas chargé par la police de suppléer à ses déficiences. Si Horner risquait quelque chose, le problème se présenterait différemment, mais, étant donné que Ryder n'osera jamais se présenter à la barre, l'affaire tournera court, c'est évident. Sans doute, on peut estimer que je ne fais pas mon devoir. Seulement, j'ai peut-être sauvé une âme. Ce type ne se risquera plus à être malhonnête, alors que, si nous l'envoyons en prison, il deviendra un gibier de potence. Enfin, nous sommes en cette époque de l'année où il convient de pardonner. Le hasard nous a saisis d'un petit problème à la fois curieux et amusant, nous l'avons résolu et la solution suffit à nous payer de nos peines. Si vous voulez bien, docteur, appuyer sur la sonnette, nous commencerons avant qu'il ne soit longtemps une autre enquête, où un coq de bruyère jouera cette fois un rôle de première importance...

LES CINQ PÉPINS D'ORANGE

Quand je jette un coup d'œil sur les notes et les résumés qui ont trait aux enquêtes menées par Sherlock Holmes entre les années 82 et 90, j'en retrouve tellement dont les caractéristiques sont à la fois étranges et intéressantes qu'il n'est pas facile de savoir lesquelles choisir et lesquelles omettre. Quelques-unes, pourtant, ont déjà bénéficié d'une certaine publicité grâce aux journaux et d'autres n'ont pas fourni à mon ami l'occasion de déployer ces dons exceptionnels qu'il possédait à un si haut degré et que les présents écrits visent à mettre en lumière. Quelques-unes, aussi, ont mis en défaut l'habileté de son analyse et seraient, en tant que récit, des exposés sans conclusion. D'autres, enfin, n'ayant été élucidées qu'en partie, leur explication se trouve établie par conjecture et hypothèses plutôt qu'au moyen de cette preuve logique absolue à quoi Holmes attachait tant de prix. Parmi ces dernières, il en est une pourtant qui fut si remarquable en ses détails, si étonnante en ses résultats, que je cède à la tentation de la relater, bien que certaines des énigmes qu'elle pose n'aient jamais été résolues et, selon toute probabilité, ne le seront jamais entièrement.

L'année 87 nous a procuré une longue série d'enquêtes d'intérêt variable dont je conserve les résumés. Dans la nomenclature de cette année-là, je trouve une relation de l'entreprise de la Chambre Paradol, un exposé concernant la Société des Mendiants amateurs, un cercle dont les locaux somptueux se trouvaient dans le sous-sol voûté d'un grand magasin d'ameublement, des précisions sur la perte de la barque anglaise *Sophie Anderson*, sur les singulières aventures de Grace Patersons aux îles d'Uffa et enfin sur l'affaire des poisons de Camberwell. Au cours de cette enquête, Sherlock Holmes, on ne l'a pas oublié, parvint, en remontant la montre du défunt, à prouver qu'elle avait été remontée deux heures auparavant, et que, par conséquent, la victime s'était couchée à un moment quelconque de ces deux heures-là – déduction qui fut de la plus grande importance dans la solution de l'affaire. Il se peut qu'un jour je retrace toutes ces enquêtes, mais aucune ne présente des traits aussi singuliers que l'étrange suite d'incidents que j'ai l'intention de narrer.

C'était dans les derniers jours de septembre et les vents d'équinoxe avaient commencé de souffler avec une rare violence. Toute la journée la bourrasque avait sifflé et la pluie avait battu les vitres, de telle sorte que, même en plein cœur de cet immense Londres, œuvre des hommes, nous étions temporairement contraints de détourner nos esprits de la routine de la vie, pour les hausser jusqu'à admettre l'existence de ces grandes forces élémentaires qui, tels des fauves indomptés dans une cage, rugissent contre l'humanité à travers les barreaux de sa civilisation. À mesure que la soirée s'avançait, la tempête se déchaînait de plus en plus, le vent pleurait en sanglotant dans la cheminée comme un enfant. Sherlock Holmes, pas très en train, était assis d'un côté de l'âtre, à feuilleter son répertoire criminel, tandis que, de l'autre côté, j'étais plongé dans un des beaux récits maritimes de Clark Russel, de telle sorte que les hurlements de la tempête au-dehors semblaient faire corps avec mon texte, et que la pluie cinglante paraissait se prolonger et se fondre dans le glapissement des vagues de la mer. Ma femme était en visite chez sa tante et, pour quelques jours, j'étais revenu habiter à Baker Street.

– Eh mais ! dis-je en regardant mon compagnon, il n'y a pas de doute, c'est la sonnette ! Qui donc pourrait venir ce soir ? Un de vos amis, peut-être ?

– En dehors de vous, je n'en ai point, répondit-il, je n'encourage pas les visiteurs.

– Un client, alors ?

– Si c'est un client, l'affaire est sérieuse. Sans cela, on ne sortirait pas par un tel temps et à une telle heure. Mais c'est vraisemblablement une des commères de notre logeuse, j'imagine.

Sherlock Holmes se trompait cependant, car nous entendîmes des pas dans le corridor et on frappa à notre porte. Sherlock étendit son long bras pour détourner de lui-même le faisceau lumineux de la lampe et le diriger sur la chaise libre où le nouveau venu s'assiérait.

– Entrez ! dit-il.

L'homme qui entra était jeune, vingt-deux ans peut-être ; très soigné et mis avec élégance, ses manières dénotaient une certaine recherche et une certaine délicatesse. Tout comme le parapluie ruisselant qu'il tenait à la main, son imperméable luisant disait le temps abominable par lequel il était venu. Dans la lumière éblouissante de la lampe, il regardait anxieusement autour de lui, et je pus voir que son visage était pâle et ses yeux lourds, comme ceux d'un homme qu'étreint une immense anxiété.

– Je vous dois des excuses, dit-il, tout en levant son lorgnon d'or vers ses yeux. J'espère que ça ne vous dérange pas, mais j'ai bien peur d'avoir apporté dans cette pièce confortable quelques traces de la tempête et de la pluie.

– Donnez-moi votre manteau et votre parapluie, dit Holmes. Ils seront fort bien là sur le crochet et vous les retrouverez secs tout à l'heure. Vous venez du sud-ouest de Londres à ce que je vois.

– Oui, de Horsham.

– Ce mélange d'argile et de chaux que j'aperçois sur le bout de vos chaussures est tout à fait caractéristique.

– Je suis venu chercher un conseil.

– C'est chose facile à obtenir.

– Et de l'aide.

– Ce n'est pas toujours aussi facile.

– J'ai entendu parler de vous, monsieur Holmes. J'en ai entendu parler par le commandant Prendergast que vous avez sauvé dans le scandale du Tankerville Club.

– Ah ! c'est vrai. On l'avait à tort accusé de tricher aux cartes.

– Il dit que vous êtes capable de résoudre n'importe quel problème.

– C'est trop dire.

– Que vous n'êtes jamais battu.

– J'ai été battu quatre fois – trois fois par des hommes et une fois par une femme.

– Mais qu'est-ce que cela, comparé au nombre de vos succès...

– C'est vrai que d'une façon générale, j'ai réussi.

– Vous pouvez donc réussir pour moi.

– Je vous en prie, approchez votre chaise du feu et veuillez me donner quelques détails au sujet de votre affaire.

– Ce n'est pas une affaire ordinaire.

– Aucune de celles qu'on m'amène ne l'est. Je suis la suprême cour d'appel.

– Et pourtant je me demande, monsieur, si dans toute votre carrière, vous avez jamais eu l'occasion d'entendre le récit d'une suite d'événements aussi mystérieux et inexplicables que ceux qui se sont produits dans ma famille.

– Vous me passionnez, dit Holmes. Je vous en prie, donnez-moi depuis le début les faits essentiels et pour les détails je pourrai ensuite vous questionner sur les points qui me sembleront les plus importants.

Le jeune homme approcha sa chaise du feu et allongea vers la flamme ses semelles détrempées.

– Je m'appelle, dit-il, John Openshaw, mais ma personne n'a, si tant est que j'y comprenne quoi que ce soit, rien à voir avec cette terrible affaire. Il s'agit d'une chose héréditaire ; aussi, afin de vous donner une idée des faits, faut-il que je remonte tout au début.

« Il faut que vous sachiez que mon grand-père avait deux fils – mon oncle, Élias, et mon père, Joseph. Mon père avait à Coventry une petite usine qu'il agrandit à l'époque de l'invention de la bicyclette. Il détenait le brevet du pneu increvable Openshaw, et son affaire prospéra si bien qu'il put la vendre et se retirer avec une belle aisance.

« Mon oncle Élias émigra en Amérique dans sa jeunesse et devint planteur en Floride où, à ce qu'on apprit, il avait très bien réussi. Au moment de la guerre de Sécession, il combattit dans l'armée de Jackson, puis plus tard sous les ordres de Hood et conquit ses galons de colonel. Quand Lee eut déposé les armes, mon oncle retourna à sa plantation où il resta trois ou quatre ans encore. Vers 1869 ou 1870, il revint en Europe et prit un petit domaine dans le Sussex, près de Horsham. Il avait fait fortune aux États-Unis, mais il quitta ce pays en raison de son aversion pour les nègres et par dégoût de la politique républicaine qui leur accordait la liberté. C'était un homme singulier et farouche qui s'emportait facilement. Quand il était en colère, il avait l'injure facile et devenait grossier. Avec cela, il aimait la solitude. Pendant toutes les années qu'il a vécues à Horsham je ne crois pas qu'il ait jamais mis le pied en ville. Il avait un jardin, deux ou trois champs autour de sa maison, et c'est là qu'il prenait de l'exercice. Très souvent pourtant, et pendant des semaines de suite, il ne sortait pas de sa chambre. Il buvait pas mal d'eau-de-vie, il fumait énormément et, n'ayant pas besoin d'amis et pas même de son frère, il ne voulait voir personne.

« Il faisait une exception pour moi ; en fait, il me prit en affection, car lorsqu'il me vit pour la première fois, j'étais un gamin d'une douzaine d'années. Cela devait se passer en 1878, alors qu'il était en Angleterre depuis huit ou neuf ans. Il demanda à mon père de me laisser venir habiter chez lui et, à sa manière, il fut très bon avec moi. Quand il n'avait pas bu, il aimait jouer avec moi au trictrac et aux dames, et il me confiait le soin de le représenter auprès des domestiques et des commerçants, de telle sorte qu'aux environs de ma seizième année, j'étais tout à fait le maître de la maison. J'avais toutes les clés et je pouvais aller où je voulais et faire ce qu'il me plaisait, à condition de ne pas le déranger dans sa retraite. Il y avait, pourtant, une singulière exception, qui portait sur une seule chambre, une chambre de débarras, en haut, dans les mansardes, qu'il gardait constamment fermée à clé, où il ne tolérait pas qu'on entrât, ni moi ni personne. Curieux, comme tout enfant, j'ai un jour regardé par le trou de la serrure, mais je n'ai rien pu voir d'autre que le ramassis de vieilles malles et de ballots qu'on peut s'attendre à trouver dans une pièce de ce genre.

« Un matin, au petit déjeuner – c'était en mars 1883 – une lettre affranchie d'un timbre étranger se trouva devant l'assiette du colonel. Avec lui ce n'était pas chose courante que de recevoir des lettres, car il payait comptant toutes ses factures et n'avait aucun ami.

« – Des Indes ! dit-il en la prenant. Le cachet de Pondichéry ! Qu'est-ce que ça peut bien être ?

« Il l'ouvrit aussitôt et il en tomba cinq petits pépins d'orange desséchés qui sonnèrent sur son assiette. J'allais en rire, mais le rire se figea sur mes lèvres en voyant son visage. Sa lèvre pendait, ses yeux s'exorbitaient, sa peau avait la pâleur du mastic et il regardait fixement l'enveloppe qu'il tenait toujours dans sa main tremblante.

« – K.K.K., s'écria-t-il, puis : Seigneur ! mes péchés sont retombés sur moi !

« – Qu'est-ce donc, mon oncle ? m'écriai-je.

« – La mort, dit-il, et, se levant de table, il se retira dans sa chambre.

« Je restai seul tout frémissant d'horreur.

« Je ramassai l'enveloppe et je vis, griffonnée à l'encre rouge sur le dedans du rabat, juste au-dessus de la gomme, la lettre K trois fois répétée. À part les cinq pépins desséchés, il n'y avait rien d'autre à l'intérieur. Quel motif pouvait avoir la terreur qui s'était emparée de mon oncle ?... Je quittai la table et, en montant l'escalier, je le rencontrai qui redescendait. Il tenait d'une main une vieille clé rouillée, qui devait être celle de la mansarde, et, de l'autre une petite boîte en cuivre qui ressemblait à un petit coffret à argent.

« – Qu'ils fassent ce qu'ils veulent, je les tiendrai bien encore en échec ! dit-il avec un juron. Dis à Marie qu'aujourd'hui je veux du feu dans ma chambre et envoie chercher Fordham, le notaire de Horsham.

« Je fis ce qu'il me commandait et quand le notaire fut arrivé, on me fit dire de monter dans la chambre de mon oncle. Un feu ardent brûlait et la grille était pleine d'une masse de cendres noires et duveteuses, comme si l'on avait brûlé du papier. La boîte en cuivre était à côté, ouverte et vide. En y jetant un coup d'œil, j'eus un haut-le-corps, car j'aperçus, inscrit en caractères d'imprimerie sur le couvercle, le triple K que j'avais vu, le matin, sur l'enveloppe.

« – Je veux, John, dit mon oncle, que tu sois témoin de mon testament. Je laisse ma propriété, avec tous ses avantages et ses désavantages, à mon frère, ton père, après qui, sans doute, elle te reviendra. Si tu peux en jouir en paix, tant mieux ! Si tu trouves que c'est impossible, suis mon conseil, mon garçon, et abandonne-la à ton plus terrible ennemi. Je suis désolé de te léguer ainsi une arme à deux tranchants, mais je ne saurais dire quelle tournure les choses vont prendre. Aie la bonté de signer ce papier-là à l'endroit où M. Fordham te l'indique.

« Je signai le papier comme on m'y invitait et le notaire l'emporta. Ce singulier incident fit sur moi, comme vous pouvez l'imaginer, l'impression la plus profonde et j'y songeai longuement, je le tournai et retournai dans mon esprit, sans pouvoir rien y comprendre. Pourtant, je n'arrivais pas à me débarrasser du vague sentiment de terreur qu'il me laissait ; mais l'impression devenait moins vive à mesure que les semaines passaient et que rien ne venait troubler le train-train ordinaire de notre existence. Toutefois, mon oncle changeait à vue d'œil. Il buvait plus que jamais et il était encore moins enclin à voir qui que ce fût. Il passait la plus grande partie de son temps dans sa chambre, la porte fermée à clé de l'intérieur, mais parfois il en sortait et, en proie à une sorte de furieuse ivresse, il s'élançait hors de la maison et, courant par tout le jardin, un revolver à la main, criait que nul ne lui faisait peur et que personne, homme ou diable, ne le tiendrait enfermé comme un mouton dans un parc. Quand pourtant ces accès étaient passés, il rentrait avec fracas et fermait la porte à clé, la barricadait derrière lui en homme qui n'ose regarder en face la terreur qui bouleverse le tréfonds de son âme. Dans ces moments-là, j'ai vu son visage, même par temps froid, luisant et moite comme s'il sortait d'une cuvette d'eau chaude.

« Eh bien ! pour en arriver à la fin, monsieur Holmes, et pour ne pas abuser de votre patience, une nuit arriva où il fit une de ces folles sorties et n'en revint point. Nous l'avons trouvé, quand nous nous sommes mis à sa recherche, tombé, la face en avant, dans une petite mare couverte d'écume verte qui se trouvait au bout du jardin. Il n'y avait aucune trace de violence et l'eau n'avait que deux pieds de profondeur, de sorte que le jury, tenant compte de son excentricité bien connue, rendit un verdict de suicide. Mais moi, qui savais comment il se cabrait à la pensée même de la mort, j'ai eu beaucoup de mal à me persuader qu'il s'était dérangé pour aller au-devant d'elle. L'affaire passa, toutefois, et mon père entra en possession du domaine et de quelque quatorze mille livres qui se trouvaient en banque au compte de mon oncle.

– Un instant, intervint Holmes. Votre récit est, je le vois déjà, l'un des plus intéressants que j'aie jamais écoutés. Donnez-moi la date à laquelle votre oncle a reçu la lettre et celle de son suicide supposé.

– La lettre est arrivée le 10 mars 1883. Sa mort survint sept semaines plus tard, dans la nuit du 2 mai.

– Merci ! Je vous en prie, continuez.

– Quand mon père prit la propriété de Horsham, il fit, à ma demande, un examen minutieux de la mansarde qui avait toujours été fermée à clé. Nous y avons trouvé la boîte en cuivre, bien que son contenu eût été détruit. À l'intérieur du couvercle se trouvait une étiquette en papier qui portait les trois initiales répétées K.K.K. et au-dessous « Lettres, mémorandums, reçus et un registre ». Ces mots, nous le supposions, indiquaient la nature des papiers que le colonel Openshaw avait détruits. Quant au reste, il n'y avait rien de bien important dans la pièce, sauf, éparpillés çà et là, de nombreux journaux et des carnets qui se rapportaient à la vie de mon oncle en Amérique. Quelques-uns dataient de la guerre de Sécession et montraient qu'il avait bien fait son devoir et s'était acquis la renommée d'un brave soldat. D'autres dataient de la refonte des États du Sud et concernaient, pour la plupart, la politique, car il avait évidemment pris nettement position contre les politiciens d'antichambre que l'on avait envoyés du Nord.

« Ce fut donc au commencement de 1884 que mon père vint demeurer à Horsham et tout alla aussi bien que possible jusqu'à janvier 1885. Quatre jours après le Nouvel An, comme nous étions à table pour le petit déjeuner, j'entendis mon père pousser un vif cri de surprise. Il était là, avec dans une main une enveloppe qu'il venait d'ouvrir et dans la paume ouverte de l'autre cinq pépins d'orange desséchés. Il s'était toujours moqué de ce qu'il appelait mon histoire sans queue ni tête à propos du colonel, mais il paraissait très perplexe et très effrayé maintenant que la même chose lui arrivait.

« – Eh ! quoi ! Diable ! Qu'est-ce que cela veut dire, John ? balbutia-t-il.

« Mon cœur soudain devint lourd comme du plomb.

« – C'est K.K.K., dis-je.

« Il regarda l'intérieur de l'enveloppe.

« – C'est bien cela ! s'écria-t-il. Voilà les lettres ! Mais qu'y a-t-il d'écrit au-dessus ?

« Je lus en regardant par-dessus son épaule. Il y avait : « Mettez les papiers sur le cadran « solaire ».

« – Quels papiers ? Quel cadran solaire ? demanda-t-il.

« – Le cadran solaire du jardin. Il n'y en a pas d'autre, dis-je. Mais les papiers doivent être ceux qui ont été détruits.

« – Bah ! dit-il, faisant un effort pour retrouver du courage, nous sommes dans un pays civilisé, ici, et des niaiseries de ce genre ne sont pas de mise. D'où cela vient-il ?

« – De Dundee, répondis-je en regardant le cachet de la poste.

« – C'est une farce absurde, dit-il. En quoi les cadrans solaires et les papiers me concernent-ils ? Je ne veux tenir aucun compte de pareilles sottises.

« – J'en parlerais à la police, à ta place, dis-je.

« Il se moqua de moi pour ma peine. Pas de ça !

« – Alors, permets-moi de le faire.

« – Non, je te le défends. Je ne veux pas qu'on fasse des histoires pour une pareille baliverne.

« Il était inutile de discuter, car il était très entêté. Je m'en allai, le cœur lourd de pressentiments.

Le troisième jour après l'arrivée de cette lettre, mon père quitta la maison pour aller rendre visite à un de ses vieux amis, le commandant Forebody qui commandait un des forts de Portsdown Hill. J'étais content de le voir s'en aller, car il me semblait qu'il s'écartait du danger en s'éloignant de notre maison. Je me trompais. Le second jour de son absence, je reçus un télégramme du commandant qui me suppliait de venir sur-le-champ : mon père était tombé dans une des profondes carrières de craie, qui sont si nombreuses dans le voisinage, et il gisait sans connaissance, le crâne fracassé. Je me hâtai de courir à son chevet, mais il mourut sans avoir repris connaissance. Il revenait, paraît-il, de Farham, au crépuscule, et comme le pays lui était inconnu et que la carrière n'était pas clôturée, le jury n'hésita pas à rapporter un verdict de « mort accidentelle ». Bien que j'aie soigneusement examiné les circonstances dans lesquelles il mourut, je n'ai rien pu trouver qui suggérât l'idée d'un assassinat. Il n'y avait aucune trace de violence, aucune trace de pas, rien n'avait été volé, et on n'avait signalé la présence d'aucun inconnu sur les routes. Et pourtant, je n'ai pas besoin de vous dire que j'étais loin d'avoir l'esprit tranquille et que j'étais à peu près certain qu'il avait été victime d'une infâme machination.

« Ce fut en janvier 1885 que mon pauvre père mourut ; deux ans et huit mois se sont écoulés depuis. Pendant tout ce temps, j'ai coulé à Horsham des jours heureux et j'avais commencé à espérer que cette malédiction s'était éloignée de la famille et qu'elle avait pris fin avec la précédente génération. Je m'étais trop pressé, toutefois, à éprouver ce soulagement : hier matin, le coup s'est abattu sur moi sous la même forme qu'il s'est abattu sur mon père.

Le jeune homme tira de son gilet une enveloppe chiffonnée et la renversant au-dessus de la table, il la secoua et en fit tomber cinq pépins d'orange desséchés.

– Voici l'enveloppe, reprit-il. Le cachet de la poste est de Londres – secteur Est. À l'intérieur on retrouve les mêmes mots que sur le dernier message reçu par mon père : « K.K.K. », puis : *« Mettez les papiers sur le cadran solaire. »*

– Qu'avez-vous fait ? demanda Holmes.

– Rien.

– Rien !

– À vrai dire, expliqua-t-il, en enfonçant son visage dans ses mains blanches, je me suis senti impuissant. J'ai ressenti l'impression que doivent éprouver les malheureux lapins quand le serpent s'avance vers eux en zigzaguant. Il me semble que je suis la proie d'un fléau inexorable et irrésistible, dont nulle prévoyance, nulle précaution ne saurait me protéger.

– Ta-ra-ta-ta ! s'écria Sherlock Holmes. Il faut agir, mon brave, ou vous êtes perdu. Du cran ! Rien d'autre ne peut vous sauver. Ce n'est pas le moment de désespérer.

– J'ai vu la police.

– Ah !

– Mais ils ont écouté mon histoire en souriant. Je suis convaincu que l'inspecteur est d'avis que les lettres sont de bonnes farces et que la mort des miens fut réellement accidentelle, ainsi que l'ont déclaré les jurys, et qu'elle n'avait rien à voir avec les avertissements.

Holmes agita ses poings en l'air.

– Incroyable imbécillité ! s'écria-t-il.

– Ils m'ont cependant donné un agent pour habiter si je veux la maison avec moi.

– Est-il venu avec vous ce soir ?

– Non, il a ordre de rester dans la maison.

De nouveau, Holmes, furieux, éleva les poings.

– Pourquoi êtes-vous venu à moi ? dit-il. Et surtout pourquoi n'êtes-vous pas venu tout de suite ?

– Je ne savais pas. Ce n'est qu'aujourd'hui que j'ai parlé à Prendergast de mes ennuis et qu'il m'a conseillé de m'adresser à vous.

– Il y a deux jours pleins que vous avez reçu la lettre. Nous aurions déjà agi. Vous n'avez pas d'autres renseignements que ceux que vous nous avez fournis, je suppose, aucun détail qui pourrait nous aider ?

– Il y a une chose, dit John Openshaw, une seule chose.

Il fouilla dans la poche de son habit et en tira un morceau de papier bleuâtre et décoloré qu'il étala sur la table.

– Je me souviens, dit-il, que le jour où mon oncle a brûlé ses papiers, j'ai remarqué que les petits bouts de marges non brûlés qui se trouvaient dans les cendres avaient tous cette couleur particulière. J'ai trouvé cette unique feuille sur le plancher de sa chambre et tout me porte à croire que c'est peut-être un des papiers qui, ayant volé loin des autres, avait, de la sorte, échappé à la destruction. Sauf qu'il y est question de « pépins », je ne pense pas qu'il puisse nous être d'une grande utilité. Je crois, pour ma part, que c'est une page d'un journal intime. Incontestablement, l'écriture est celle de mon oncle.

Holmes approcha la lampe et tous les deux nous nous penchâmes sur la feuille de papier dont le bord déchiré prouvait qu'on l'avait, en effet, arrachée à un carnet. Cette feuille portait en tête : « Mars 1869 », et en dessous se trouvaient les indications suivantes :

4. *Hudson est venu. Même vieille discussion.*

7. *Envoyé les pépins à Mac Cauley, Taramore et Swain, de St-Augustin.*

9. *Mac Cauley disparu.*

10. *John Swain disparu.*

12. *Visité Taramore. Tout bien.*

– Merci, dit Holmes en pliant le papier et en le rendant à notre visiteur. Et maintenant il ne faut plus, sous aucun prétexte, perdre un seul instant. Nous ne pouvons même pas prendre le temps de discuter ce que vous m'avez dit. Il faut rentrer chez vous tout de suite et agir.

– Mais que dois-je faire ?

– Il n'y a qu'une seule chose à faire, et à faire tout de suite. Il faut mettre ce papier que vous venez de nous montrer dans la boîte en cuivre que vous nous avez décrite. Il faudra aussi y joindre un mot disant que tous les autres papiers ont été brûlés par votre oncle et que c'est là le seul qui reste. Il faudra l'affirmer en des termes tels qu'ils soient convaincants. Cela fait, il faudra, sans délai, mettre la boîte sur le cadran solaire, comme on vous le demande. Est-ce compris ?

– Parfaitement.

– Ne pensez pas à la vengeance, ou à quoi que ce soit de ce genre, pour l'instant. La vengeance, nous l'obtiendrons, je crois, par la loi, mais il faut que nous tissions notre toile, tandis que la leur est déjà tissée. Le premier point, c'est d'écarter le danger pressant qui vous menace. Après on verra à élucider le mystère et à punir les coupables.

– Je vous remercie, dit le jeune homme, en se levant et en remettant son pardessus. Vous m'avez rendu la vie en même temps que l'espoir. Je ne manquerai pas d'agir comme vous me le conseillez.

– Ne perdez pas un moment, et, surtout, prenez garde à vous en attendant, car je ne pense pas qu'il y ait le moindre doute que vous ne soyez sous la menace d'un danger réel imminent. Comment rentrez-vous ?

– Par le train de Waterloo.

– Il n'est pas encore neuf heures. Il y aura encore foule dans les rues. J'espère donc que vous serez en sûreté, et pourtant vous ne sauriez être trop sur vos gardes.

– Je suis armé.

– C'est bien. Demain je me mettrai au travail sur votre affaire.

– Je vous verrai donc à Horsham ?

– Non, votre secret se cache à Londres. C'est là que je le chercherai.

– Alors, je reviendrai vous voir dans un jour ou deux, pour vous donner des nouvelles de la boîte et des papiers. Je ne ferai rien sans vous demander conseil.

Nous échangeâmes une poignée de main, et il s'en fut. Au-dehors, le vent hurlait toujours et la pluie battait les fenêtres. On eût dit que cette étrange et sauvage histoire nous avait été amenée par les éléments déchaînés, que la tempête l'avait charriée vers nous comme un paquet d'algues qu'elle venait maintenant de remporter.

Sherlock Holmes demeura quelque temps assis sans mot dire, la tête penchée en avant, les yeux fixant le feu qui flamboyait, rutilant. Ensuite, il alluma sa pipe et, se renversant dans son fauteuil, considéra les cercles de fumée bleue qui, en se pourchassant, montaient vers le plafond.

– Je crois, Watson, remarqua-t-il enfin, que de toutes les affaires que nous avons eues, aucune n'a jamais été plus fantastique que celle-ci.

– Sauf, peut-être, le Signe des Quatre.

– Oui, sauf peut-être celle-là. Et pourtant ce John Openshaw me semble environné de dangers plus grands encore que ceux que couraient les Sholto.

– Mais êtes-vous arrivé à une idée définie de la nature de ces dangers ?

– Il ne saurait y avoir de doute à cet égard.

– Et quels sont-ils ? Qui est ce K.K.K. et pourquoi poursuit-il cette malheureuse famille ?

Sherlock Holmes ferma les yeux et plaça ses coudes sur le bras de son fauteuil, tout en réunissant les extrémités de ses doigts.

– Le logicien idéal, remarqua-t-il, quand une fois on lui a exposé un fait sous toutes ses faces, en déduirait non seulement toute la chaîne des événements qui ont abouti à ce fait, mais aussi tous les résultats qui s'ensuivraient. De même que Cuvier pouvait décrire exactement un animal tout entier en en examinant un seul os, de même l'observateur qui a parfaitement saisi un seul maillon dans une série d'incidents devrait pouvoir exposer avec précision tous les autres incidents, tant antérieurs que postérieurs. Nous n'avons pas encore bien saisi les résultats auxquels la raison seule est capable d'atteindre. On peut résoudre dans le cabinet des problèmes qui ont mis en défaut tous ceux qui en ont cherché la solution à l'aide de leurs sens. Pourtant, pour porter l'art à son summum, il est nécessaire que le logicien soit capable d'utiliser tous les faits qui sont venus à sa connaissance, et cela implique en soi, comme vous le verrez aisément, une complète maîtrise de toutes les sciences, ce qui, même en ces jours de liberté de l'enseignement et d'encyclopédie, est un avantage assez rare. Il n'est toutefois pas impossible qu'un homme possède la totalité des connaissances qui peuvent lui être utiles dans ses travaux et c'est, quant à moi, ce à quoi je me suis efforcé d'atteindre. Si je me souviens bien, dans une certaine circonstance, aux premiers temps de notre amitié, vous aviez défini mes limites de façon assez précise.

– Oui, répondis-je en riant. C'était un singulier document. La philosophie, l'astronomie et la politique étaient notées d'un zéro, je me le rappelle. La botanique, médiocre ; la géologie, très sérieuse en ce qui concerne les taches de boue de n'importe quelle région située dans un périmètre de cinquante miles autour de Londres ; la chimie, excentrique ; l'anatomie, sans méthode ; la littérature passionnelle et les annales du crime, uniques. Je vous appréciais encore comme violoniste, boxeur, épéiste, homme de loi, et aussi pour votre auto-intoxication par la cocaïne et le tabac. C'étaient là, je crois, les principaux points de mon analyse.

La dernière remarque fit rire mon ami.

– Eh bien ! dit-il, je répète aujourd'hui, comme je le disais alors, « qu'on doit garder sa petite mansarde intellectuelle garnie de tout ce qui doit vraisemblablement servir et que le reste peut être relégué dans les débarras de la bibliothèque, où on peut les trouver quand on en a besoin. Or, dans un cas comme celui que l'on nous a soumis ce soir, nous avons certainement besoin de toutes nos ressources ! Ayez donc la bonté de me passer la lettre K de l'*Encyclopédie américaine*, qui se trouve sur le rayon à côté de vous. Merci. Maintenant, considérons la situation et voyons ce qu'on en peut déduire. Tout d'abord, nous pouvons, comme point de départ, présumer non sans de bonnes raisons, que le colonel Openshaw avait des motifs très sérieux de quitter l'Amérique. À son âge, les hommes ne changent pas toutes leurs habitudes et n'échangent point volontiers le charmant climat de la Floride pour la vie solitaire d'une cité provinciale d'Angleterre. Son grand amour de la solitude dans notre pays fait naître l'idée qu'il avait peur de quelqu'un ou de quelque chose ; nous pouvons donc supposer, et ce sera l'hypothèse d'où nous partirons, que ce fut la peur de quelqu'un ou de quelque chose qui le chassa d'Amérique. Quant à la nature de ce qu'il craignait, nous ne pouvons la déduire qu'en considérant les lettres terribles que lui-même et ses successeurs ont reçues. Avez-vous remarqué les cachets postaux de ces lettres ?

– La première venait de Pondichéry, la seconde de Dundee, et la troisième de Londres.

– De Londres, secteur Est. Qu'en déduisez-vous ?

– Ce sont tous les trois des ports. J'en déduis que celui qui les a écrites était à bord d'un vaisseau.

– Excellent, Watson. Nous avons déjà un indice. On ne saurait mettre en doute qu'il y a des chances – de très fortes chances – que l'expéditeur fût à bord d'un vaisseau. Et maintenant, considérons un autre point. Dans le cas de Pondichéry, sept semaines se sont écoulées entre la menace et son accomplissement ; dans le cas de Dundee, il n'y a eu que trois ou quatre jours. Cela ne vous suggère-t-il rien ?

– La distance est plus grande pour le voyageur.

– Mais la lettre aussi a un plus grand parcours pour arriver.

– Alors, je ne vois pas.

– Il y a au moins une présomption que le vaisseau dans lequel se trouve l'homme – ou les hommes – est un voilier. Il semble qu'ils aient toujours envoyé leur singulier avertissement ou avis avant de se mettre eux-mêmes en route pour leur mission. Vous voyez avec quelle rapidité l'action a suivi l'avis quand celui-ci est venu de Dundee. S'ils étaient venus de Pondichéry dans un steamer, ils seraient arrivés presque aussi vite que leur lettre. Mais, en fait, sept semaines se sont écoulées, ce qui représentait la différence entre le courrier postal qui a apporté la lettre et le vaisseau à voiles qui en a amené l'expéditeur.

– C'est possible.

– Mieux que cela. C'est probable. Et maintenant, vous voyez l'urgence fatale de ce nouveau cas, et pourquoi j'ai insisté auprès du jeune Openshaw pour qu'il prenne garde. Le coup a toujours été frappé à l'expiration du temps qu'il faut aux expéditeurs pour parcourir la distance. Mais, cette fois-ci, la lettre vient de Londres et par conséquent nous ne pouvons compter sur un délai.

– Grand Dieu ! m'écriai-je, que peut signifier cette persécution impitoyable ?

– Les papiers qu'Openshaw a emportés sont évidemment d'une importance capitale pour la personne ou les personnes qui sont à bord du voilier. Il apparaît très clairement, je crois, qu'il doit y avoir plus d'un individu. Un homme seul n'aurait pu perpétrer ces deux crimes de façon à tromper le jury d'un coroner. Il faut pour cela qu'ils soient plusieurs et que ce soient des hommes résolus et qui ne manquent pas d'initiative. Leurs papiers, il les leur faut, quel qu'en soit le détenteur. Et cela vous montre que K.K.K. cesse d'être les initiales d'un individu et devient le sigle d'une société.

– Mais de quelle société ?

– Vous n'avez jamais entendu parler du Ku Klux Klan ?

Et Sherlock, se penchant en avant, baissait la voix.

– Jamais.

Holmes tourna les pages du livre sur ses genoux.

– Voici ! dit-il bientôt. « Ku Klux Klan. Nom dérivé d'une ressemblance imaginaire avec le bruit produit par un fusil qu'on arme. Cette terrible société secrète fut formée par quelques anciens soldats confédérés dans les États du Sud après la guerre civile et elle forma bien vite des branches locales dans différentes parties du pays, particulièrement dans le Tennessee, la Louisiane, les Carolines, la Géorgie et la Floride. Elle employait sa puissance à des fins politiques, principalement à terroriser les électeurs nègres et à assassiner ou à chasser du pays ceux qui étaient opposés à ses desseins. Ses attentats étaient d'ordinaire précédés d'un avertissement à l'homme désigné, avertissement donné d'une façon fantasque mais généralement aisée à reconnaître, quelques feuilles de chêne dans certains endroits, dans d'autres des semences de melon ou des pépins d'orange. Quand elle recevait ces avertissements, la victime pouvait ou bien renoncer ouvertement à ses opinions ou à sa façon de vivre, ou bien s'enfuir du pays.

« Si, par bravade, elle s'entêtait, la mort la surprenait infailliblement, en général d'une façon étrange et imprévue. L'organisation de la société était si parfaite, ses méthodes si efficaces, qu'on ne cite guère de personnes qui aient réussi à la braver impunément ou de circonstances qui aient permis de déterminer avec certitude les auteurs d'un attentat.

« Pendant quelques années, cette organisation prospéra, en dépit des efforts du gouvernement des États-Unis et des milieux les mieux intentionnés dans la communauté du Sud. Cependant, en l'année 1869, le mouvement s'éteignit assez brusquement, bien que, depuis lors, il y ait eu encore des sursauts spasmodiques. »

« Vous remarquerez, dit Holmes en posant le volume, que cette soudaine éclipse de la société coïncide avec le moment où Openshaw est parti d'Amérique avec leurs papiers. Il se peut fort bien qu'il y ait là un rapport de cause à effet. Rien d'étonnant donc, que lui et les siens aient eu à leurs trousses quelques-uns de ces implacables caractères. Vous pouvez comprendre que ce registre et ce journal aient pu mettre en cause quelques personnalités de tout premier plan des États du Sud et qu'il puisse y en avoir pas mal qui ne dormiront pas tranquilles tant qu'on n'aura pas recouvré ces papiers.

– Alors, la page que nous avons vue…

– Est telle qu'on pouvait l'attendre. Si je me souviens bien, elle portait : « Envoyé les pépins à A. B. et C. » C'est-à-dire l'avertissement de la société leur a été adressé. Puis viennent les notes, indiquant que A. et B. ont ou disparu, ou quitté le pays, et enfin que C. a reçu une visite dont, j'en ai bien peur, le résultat a dû lui être funeste. Vous voyez, je pense, docteur, que nous pourrons projeter quelque lumière dans cet antre obscur et je crois que la seule chance qu'ait le jeune Openshaw, en attendant, c'est de faire ce que je lui ai dit. Il n'y a pas autre chose à dire, pas autre chose à faire ce soir. Donnez-moi donc mon violon et pendant une demi-heure, tâchons d'oublier cette misérable époque et les agissements plus misérables encore des hommes, nos frères.

Le temps s'était éclairci le matin et le soleil brillait d'un éclat adouci à travers le voile imprécis qui restait tendu au-dessus de la grande ville. Sherlock Holmes était déjà en train de déjeuner quand je suis descendu.

– Vous m'excuserez, dit-il, de ne pas vous avoir attendu. J'ai devant moi, je le prévois, une journée copieusement occupée à étudier le cas du jeune Openshaw.

– Quelle marche allez-vous suivre ?

– Cela dépendra beaucoup des résultats de mes premières recherches. Il se peut qu'en fin de compte je sois obligé d'aller à Horsham.

– Vous n'irez pas en premier lieu ?

– Non, je commencerai par la Cité. Sonnez, la servante vous apportera votre café.

En attendant, je pris sur la table le journal non déplié encore et j'y jetai un coup d'œil. Mon regard s'arrêta sur un titre qui me fit passer un frisson dans le cœur.

– Holmes, m'écriai-je, vous arrivez trop tard !

– Ah ! dit-il, en posant sa tasse. J'en avais peur. Comment ça s'est-il passé ?

Sa voix était calme, mais je n'en voyais pas moins qu'il était profondément ému.

– Mes yeux sont tombés sur le nom d'Openshaw et sur le titre : « Une tragédie près du pont de Waterloo. » En voici le récit : « Entre neuf et dix heures du soir, l'agent de police Cook, de la Division H, de service près du pont de Waterloo, entendit crier « Au secours », puis le bruit d'un corps qui tombait à l'eau. La nuit, extrêmement noire, et le temps orageux rendaient tout sauvetage impossible, malgré la bonne volonté de plusieurs passants. L'alarme, toutefois, fut donnée et avec la coopération de la police fluviale, le corps fut trouvé un peu plus tard. C'était celui d'un jeune homme dont le nom, si l'on en croit une enveloppe qu'on trouva dans sa poche, serait John Openshaw, et qui habiterait près de Horsham. On suppose qu'il se hâtait afin d'attraper le dernier train qui part de la gare de Waterloo et que dans sa précipitation et dans l'obscurité il s'est trompé de chemin et s'est engagé sur l'un des petits débarcadères fluviaux, d'où il est tombé. Le corps ne portait aucune trace de violence et il ne fait pas de doute que le défunt a été la victime d'un malencontreux accident qui, espérons-le, attirera l'attention des autorités sur l'état fâcheux des débarcadères tout au long de la Tamise. »

Nous restâmes assis pendant quelques minutes sans proférer une parole. Holmes était plus abattu et plus ému que je ne l'avais jamais vu.

– C'est un rude coup pour mon orgueil, Watson, dit-il enfin. C'est là un sentiment bien mesquin, sans doute, mais c'est un rude coup pour mon orgueil ! J'en fais désormais une affaire personnelle et si Dieu me garde la santé, je mettrai la main sur cette bande. Penser qu'il est venu vers moi pour que je l'aide et que je l'ai envoyé à la mort !

Il bondit de sa chaise et, incapable de dominer son agitation, il se mit à parcourir la pièce à grands pas. Ses joues ternes s'empourpraient, en même temps que ses longues mains maigres se serraient et se desserraient nerveusement.

– Ces démons doivent être terriblement retors, s'écria-t-il enfin. Comment ont-ils pu l'attirer là-bas. Le quai n'est pas sur le chemin qui mène directement à la gare. Le pont, sans doute, était encore trop fréquenté, même par le temps qu'il faisait, pour leur projet. Eh bien ! Watson, nous verrons qui gagnera la partie en fin de compte. Je sors.

– Vous allez à la police ?

– Non. Je serai ma propre police. Quand j'aurai tissé la toile, je leur laisserai peut-être capturer les mouches, mais pas avant...

Toute la journée je fus occupé par ma profession et ce ne fut que tard dans la soirée que je revins à Baker Street. Sherlock Holmes n'était pas encore rentré. Il était presque dix heures, quand il revint, l'air pâle et épuisé. Il se dirigea vers le buffet et, arrachant un morceau de pain à la miche, il le dévora, puis le fit suivre d'une grande gorgée d'eau.

– Vous avez faim, constatai-je.

– Je meurs de faim. Je n'y pensais plus. Je n'ai rien pris depuis le petit déjeuner.

– Rien ?

– Pas une bouchée. Je n'ai pas eu le temps d'y penser.

– Et avez-vous réussi ?

– Fort bien.

– Vous avez une piste ?

– Je les tiens dans le creux de ma main. Le jeune Openshaw ne restera pas longtemps sans être vengé ! Watson, nous allons poser sur eux-mêmes leur diabolique marque de fabrique. C'est une bonne idée !

Il prit une orange dans le buffet, l'ouvrit et en fit jaillir les pépins sur la table. Il en prit cinq qu'il jeta dans une enveloppe. À l'intérieur du rabat il écrivit : « S. H. pour J. C. » Il la cacheta et l'adressa au « Capitaine James Calhoun. Trois-mâts *Lone Star*. Savannah. Géorgie. »

– Cette lettre l'attendra à son arrivée au port, dit-il en riant doucement. Elle lui vaudra sans doute une nuit blanche. Il constatera que ce message lui annonce son destin avec autant de certitude que ce fut avant lui le cas pour Openshaw.

– Et qui est ce capitaine Calhoun ?

– Le chef de la bande. J'aurai les autres, mais lui d'abord.

– Comment l'avez-vous donc découvert ?

Il prit dans sa poche une grande feuille de papier couverte de dates et de notes.

– J'ai passé toute la journée, dit-il, à suivre sur les registres de Lloyd et sur des collections de journaux tous les voyages postérieurs des navires qui ont fait escale à Pondichéry en janvier et en février 83. On en donnait, comme y ayant stationné au cours de ces deux mois, trente-six d'un bon tonnage. De ces trente-six, le *Lone Star* attira tout de suite mon attention, parce que, bien qu'on l'annonçât comme venant de Londres, son nom est celui que l'on donne à une province des États-Unis.

– Le Texas, je crois.

– Je ne sais plus au juste, laquelle, mais je savais que le vaisseau devait être d'origine américaine.

– Et alors ?

– J'ai examiné le mouvement du port de Dundee et quand j'ai trouvé que le trois-mâts *Lone Star* était là en janvier 83, mes soupçons se sont changés en certitude. Je me suis alors informé des vaisseaux qui étaient à présent à l'ancre dans le port de Londres

– Et alors ?

– Le *Lone Star* est arrivé ici la semaine dernière. Je suis allé au Dock Albert et j'ai appris que ce trois-mâts avait descendu la rivière, de bonne heure ce matin, avec la marée. J'ai télégraphié à Gravesend d'où l'on m'a répondu qu'il venait de passer et, comme le vent souffle d'est, je ne doute pas qu'il ne soit maintenant au-delà des Goodwins et non loin de l'île de Wight.

– Qu'allez-vous faire, alors ?

– Oh ! je les tiens. Lui et les deux seconds sont, d'après ce que je sais, les seuls Américains à bord. Les autres sont des Finlandais et des Allemands. Je sais aussi que tous trois se sont absentés du navire hier soir. Je le tiens de l'arrimeur qui a embarqué leur cargaison. Au moment où leur bateau touchera

Savannah, le courrier aura porté cette lettre et mon câblogramme aura informé la police de Savannah qu'on a grand besoin de ces messieurs ici pour y répondre d'une inculpation d'assassinat.

Mais les plans les mieux dressés des hommes comportent toujours une part d'incertitude. Les assassins de John Openshaw ne devaient jamais recevoir les pépins d'orange qui leur auraient montré que quelqu'un d'aussi retors et résolu qu'eux-mêmes, était sur leur piste. Les vents de l'équinoxe soufflèrent très longuement et très violemment, cette année-là. Longtemps, nous attendîmes des nouvelles du *Lone Star* ; elles ne nous parvinrent jamais. À la fin, pourtant, nous avons appris que quelque part, bien loin dans l'Atlantique, on avait aperçu, ballotté au creux d'une grande vague, l'étambot fracassé d'un bateau ; les lettres « L. S. » y étaient sculptées, et c'est là tout ce que nous saurons jamais du sort du *Lone Star.*

TABLE

5

Achevé d'imprimer en Allemagne (Pössneck) par GGP Media
en février 2004 pour le compte de E.J.L.
84, rue de Grenelle, 75007 Paris
Dépôt légal février 2004
1er dépôt légal dans la collection : février 1994

Diffusion France et étranger : Flammarion